시간의 아이들

시간의 아이들

발행일   2016년 2월 25일 1판 1쇄
지은이   염정임
발행인   이선우
펴낸곳   도서출판 선우미디어

등록 | 1997. 8. 7 제305-2014-000020
02643 서울시 동대문구 장한로12길 40, 101동 203호
☎ 2272-3351, 3352 팩스: 2272-5540
sunwoome@hanmail.net
Printed in Korea ⓒ 2016. 염정임

정가   12,000원

※ 이 도서의 국립중앙도서관 출판시도서목록(CIP)은 서지정보유통지원시스템
  홈페이지(http://seoji.nl.go.kr)와
  국가자료공동목록시스템(http://www.nl.go.kr/kolisnet)에서 이용하실 수 있습니다.
  (CIP제어번호:2016005104)

ISBN 978-89-5658-433-1 03810
ISBN 978-89-5658-434-7 05810(E-PUB)
ISBN 978-89-5658-435-4 05810(PDF)

시간의 아이들

염정임 수필집

선우미디어

책을 내면서

다시 네 번째 수필집을 엮습니다.

일상에서 얻는 소소한 기쁨과 놀라움, 여행을 하면서 보고 느낀 즐거움 등 이전의 제 수필집과 비슷한 이야기들이 주로 담겨 있습니다.

사람은 역시 자기 한계를 벗어 날 수 없는 모양입니다.

등단한 지 벌써 30년이 되었고, 저도 노년에 이르렀습니다.

"두 번은 없다. 우리는 연습 없이 태어나서 실습 없이 죽는다."는 시인의 말이 가슴을 울립니다.

우리는 모두 '시간의 아이들'이겠지요.

단 한 번뿐인 생을 수필과 함께 보내고 있어 행복합니다.

이 책에는 한국을 대표하는 다섯 분의 화가에 대해서 쓴 글

다섯 편을 실었습니다. 몇 작가의 혈육들과 맺어온 오랜 인연이 글을 쓴 동기가 되었습니다.

한 예술가가 자기 세계를 확립하기 위해 얼마나 치열한 삶을 살아야 했는지, 되살펴 볼 수 있었습니다.

거처를 이 곳 작은 도시로 옮긴 후에 저의 삶은 보다 느리고 단순해졌습니다.

저의 여생이 지금처럼 물 흐르듯 자유롭기를 소망합니다.

이번 책을 내도록 독려하고 세심하게 배려해준 선우미디어의 이선우 사장께 감사를 드립니다. 저를 아껴 주시는 문단의 선후배들, 정성껏 책을 보내주는 후배 수필가들에게 감사와 함께 큰 박수를 보냅니다.

인내와 격려로 글 쓸 힘을 주는 남편과 가족들에게 제 사랑을 보냅니다.

2016. 2. 22

염 정 임

제 1 부

빛의 고향

나는 먼 우주의 한 가운데로 빨려 들어간 듯,

신비한 느낌으로 떨리고 있었다.

그곳은 바로 빛의 고향이었다.

"빛이 있으라" 하시매, 빛이 생긴 바로 그곳!

어둠과 혼란으로 가득한 세계를

처음으로 환하게 비춘 빛이 있는 곳.

-본문 중에서

모자를 사러 간 날

사흘 정도 계속 집에 머물다 보면, 그 다음 날은 꼭 외출을
할 일이 없어도 일을 만들게 된다. 밀린 청소를 할까 하다가,
누군가 기다리는 사람이라도 있는 양 외출 준비를 하였다. 모
자를 사러 가기 위해서였다.

날씨가 추워지면서 올해는 정수리가 추워 오는 것을 느끼기
시작했다. 전에는 멋을 내느라고 모자를 썼는데, 이제는 보온
을 위해서도 모자가 필요하게 되었다.

백화점 일층에 있는 모자 코너는 행사 중이라 여자들이 모자
를 고르느라고 부산했다. 모자를 하나 골라 들고 써보는데, 옆

에 있던 어느 아담하고 예쁘장한 여자가 "이 모자를 한 번 써 보세요." 하면서 다른 모자를 골라 준다. 그 모자를 쓰고 거울을 보니, 어떤 게 나에게 어울리는지 잘 모르겠다. 그 여자는 이것저것 딴 모자를 골라 주며, "나는 모자가 한 열 개쯤 있는데, 또 사러 왔어요. 우리 친구가 있는데, 참 건강했는데, 감기를 시름시름 앓더니, 폐암이라고 진단 받고는 얼마 후에 가버렸어요. 그래서 나는 살아있는 동안에 사고 싶은 것은 사기로 했어요." 한다. 그녀는 나에게 보라색이 섞인 회색털실로 짠 모자를 골라 주며 "어머, 이제 내 모자를 골라야지." 한다. 나는 그녀가 골라준 모자를 쓰고 그곳을 떠났다.

아이들이 어렸을 때 유치원에서 엄마가 모자를 만들어 아기에게 씌워 주는 놀이를 했다. 아기들은 연신 모자를 손으로 벗어 제쳤다. 그때 선생님이 "어머니, 아기에게 거울을 보여 주세요." 해서 거울을 보여 줬더니 과연 아기는 모자를 쓴 제 모습을 보며 좋아해서 가만히 있었다.

영국의 한 수필가가 쓴 글에서는 바람 부는 날이면 런던에서는 신사들이 굴러다니는 모자를 쫓으며 모자 사냥을 한다고 했으니, 전 시대의 신사들에게는 모자가 필수품이었나 보다.

예전과 달리 요즈음은 모자를 쓴 여자들을 많이 보게 된다.

"관이 향기로운 너는 무척이나 높은 족속이었나 보다."

모사모(모자를 사랑하는 모임)들에게 모자는 바로 사슴의 그 향기로운 관이 아닐까? 이들은 모자를 씀으로써 다른 사람들과 구별되고 자신의 존재감이 상승되는 듯한 느낌을 받는다.

아무래도 여성들의 로망은 챙이 넓고 하늘하늘한 리본이 달린 챙 모자일 것이다. 외국 영화에서 본 경마장에서의 그 숙녀들의 화려한 모자들….

챙이 넓은 모자는 여인의 꿈과 욕망, 그리고 환상을 상징하고 있다. 또한 자신을 은폐하면서도 동시에 표현하고. 과시하고자 하는 여성들의 모순된 감수성을 은유하고 있다.

인상파 화가들의 그림에 나오는 여인들은 햇빛이 아롱지는 챙이 넓은 모자를 쓰고 있다. 천경자의 그림, 〈길례 언니〉도 꽃으로 장식한 노란 모자를 쓰고 있다. 그녀들은 인생에 대한 기대와 사랑의 꿈으로 행복해 보인다. 그러나 삶이란 모자처럼 아름답지만 연약하여 부서지기 쉬운 것 같다.

어떤 TV 프로에서 가족 찾기에 나온 여자는 신분을 감추기 위해서 챙이 넓은 모자를 쓰고 있었다. 그녀는 모자로 얼굴을 가리고 어릴 때 헤어진 자녀와 대화를 나누고 있었다. 그때 그 모자는 어긋난 운명을 상징하는 듯 어딘지 슬픔이 담겨 있는 오브제로 비춰져, 그녀의 흐느낌과 한숨이 들리는 듯 했다.

마치 비행접시처럼 생긴 모양새 때문인지 모자는 날아가기도 잘한다. 어떤 영화에서는 아름다운 여 주인공이 쓴 모자가 날아가 버렸다. 그래서 그 약혼자가 모자를 주우러 가다가 철로 길에 발이 끼어 마주 오는 기차에 치이고 만다. 모자가 날아가면서 그녀의 행복도 멀리 멀리 떠나 버렸다. 어쩌면 우리의 삶도 비행접시(UFO)처럼 '미확인된 그 무엇'이 아닐까?

오래 전에 상영된 영화 ≪초원의 빛≫의 마지막 장면, 흰 원피스에 흰 모자를 쓴 나탈리 우드는 가정을 이룬 학창 시절의 연인을 만나고 돌아오는 차에 오른다. 그녀는 새로운 삶을 향해 나가기로 결심하는 듯 모자를 벗어 옆자리에 놓는다. 순백의 모자를 벗을 때 그녀의 청춘도 지나가고 있었다. 초원의 풀이 영원히 푸를 수 없듯이 인생의 푸르름도 한때인 것을….

나의 옷장 안에는 한 번도 써 보지 않은 챙 넓은 모자가 하나 있다. 몇 년 전 유럽 여행에서, 좁은 골목길에 있는 모자 상점에서 그 모자를 샀다. 챙이 너무 넓어서 한참 망설이다 샀다.

나는 쓸 수 없을 줄 알면서도 왜 그 모자를 샀을까?
　혹시 챙이 넓은 모자를 쓰고 창공 너머 멀리멀리 날아가고
싶은 꿈이 아직도 남아 있어서가 아니었을까?

가을에는 브람스를…

가을에는 브람스를 들어야 한다.

길고 무더운 여름이 지나고 아침저녁으로 제법 서늘한 바람이 스칠 때, 살아 있는 나날이 다시 벅차게 느껴지기 시작할 때, 문득 귓가에 닿는 그 멜로디에서 아, 가을이 정말 왔구나 느꼈다.

브람스의 교향곡 3번 3악장!

사람들이 너무나 좋아하다보니, 대중적이 되고 고운 때가 살짝 묻은 것 같은 곡, 그래서 더 정겨운 곡이다. 프랑스아즈 사강이 쓴 소설이 원작인 ≪브람스를 좋아하세요?≫란 영화에서 흘러나오던 음악이다.

내면의 깊이를 나타내는 데 브람스의 음악만큼 적합한 음악이 있을까.

사랑의 호소 같은 제1주제를 읊조리며, 잉그릿드 버그만과 안소니 퍼킨스를 떠올린다.

어떤 사람은 브람스의 음악을 들으면, 잘 지은 건축물에 들어가는 것과 같다고 하였는데, 나는 잉그릿드 버그만의 얼굴에서도 잘 지은 건축물과 같은 숭고함과 입체미를 느낀다. 특히 오똑한 코와 수려한 턱 선에서…, 브람스의 음악과 잘 어울리는 얼굴이다.

프랑스적인 에스프리를 엿볼 수 있는 스토리가 독일의 중후한 음악을 만났을 때 한 편의 명화가 탄생하였다. 영화에서 어머니의 친구인 폴라에게서 사랑을 느끼는 시몽과 폴라의 아슬아슬한 감정의 줄다리기에 브람스의 주제가 연기처럼 스며든다.

사랑이 갖고 있는 불안함과 예측할 수 없는 가변성, 그 미묘한 마음의 무늬들은 슬픔으로 이어진다.

스승의 부인인 연상의 클라라를 일평생 연모하면서 산 브람스의 고뇌와 이룰 수 없는 사랑에 대한 안타까움이 한숨처럼 담겨 있는 제1주제가 이 영화의 배경음악이었다.

가을은 모든 사물들이 거울에 비치듯 그 존재가 명징해지는 계절이다. 브람스의 음악이 가진 깊이와 떨림, 인생에 대한 격정과 비애, 통찰력과 포용력, 그리고 눈물겹도록 아름다운 서정과 거둘 수 없는 분노의 감정, 그 모든 이중적인 아포리즘은 바로 가을의 초상이다.

가을은 시린 마음을 가진 사람들의 계절이다. 그리고 상처를 부드럽게 어루만져 주는 브람스의 음악이 가장 마음 가까이 들리는 달이다.

빛의 고향

병원 대기실에는 많은 사람들로 북적대고 있었다.

벽에는 '눈은 마음의 등불'이라고 쓰인 액자가 걸려 있었다. 글씨 아래쪽에 김수환 추기경의 낙관이 찍혀 있었다. 가수 인순이를 좋아하고, 돌아가시기 전 돌보아준 수녀님을 향해 활짝 웃으셨다는 어른. 가장 낮은 자리에 서서 외롭고 슬픈 사람들의 눈물을 닦아 주신 분. 나는 잠깐 동안 그분의 모습을 그리워했다.

나는 오래 전부터 심한 근시이기는 했지만 최근 들어 시력이 더 떨어져서 일상생활이 불편할 지경이었다. 버스 정류장에서는 버스가 가까이 와서야 번호를 알 수가 있었다. 횡단보도에 서면 건너편 신호등의 붉은 사람 그림이 둘씩 겹쳐 보이기도 했다. 의사 선생님은 이 모든 것이 노화현상이며 백내장 수술을 할 때가 되었다고 해서 수술을 받기로 결정을 하였다.

차례가 되어 수술실에 들어갔다. 아무리 간단한 수술이라고 하지만 은근히 두렵고 떨리는 마음은 어쩔 수 없었다. 만약 수술이 실패하여 시력을 잃는다면 어떻게 할까? 빛이 없는 어둠의 세계에서 내가 할 수 있는 일은 무엇일까, 하는 염려도 스쳐갔다.

수술대에 누우니 수술 받을 한쪽 눈만 내어 놓고 온 얼굴을 가려 버린다. 수술실에는 복잡한 기계들이 있었고, 두 분의 의사선생님들이 가끔 나직하게 대화를 나누고 있었다. 한쪽 눈에 다가는 계속 물을 흘려 넣는 것 같았다. 마취를 했는지 아무 통증도 없었고 눈동자를 누르는 듯한 압박감이 잠깐 느껴졌다. 눈에 보이는 것은 북극의 오로라처럼 움직이는 밝은 색채들이었다. 연한 보라색과 분홍색의 빛 알갱이들이 춤추듯 모였다가 흩어지곤 했다. 캐나다의 루이스 호수의 물빛처럼 불투명한 연두색의 물기둥이 위 아래로 움직이며 계속 솟구쳐 올랐다.

귀에는 현대음악 같은 불협화음의 기계소리가 계속 들려 왔다. 그 소리는 마치 우주에서 나는 소리 같기도 했다. 별들이 궤도를 돌며 내는 것 같은 소리….

나는 먼 우주의 한 가운데로 빨려 들어간 듯, 신비한 느낌으로 떨리고 있었다. 그곳은 바로 빛의 고향이었다. "빛이 있으라" 하시매, 빛이 생긴 바로 그곳! 어둠과 혼란으로 가득한 세계를 처음으로 환하게 비춘 빛이 있는 곳.

그곳은 아득히 먼 곳이 아니었나 보다. 바로 내 눈 앞에 빛들이 쏟아지고 있었다.

오래된 옛날이 아닌 지금도 빛은 새로 생기고 있었다.

웅웅거리는 기계음을 배경으로 별무리들이 쏟아지는 듯한 색체의 쇼는 계속 되는데, 문득 의사 선생님의 말소리가 들려왔다.

"이제 수술이 끝났습니다. 잘되었습니다."

그렇게 해서 나는 헌 눈 대신에 새 눈을 얻었다. 먼지가 끼어 혼탁한 수정체를 걷어내고 새 수정체를 갈아 넣은 것이다. 안경이나 콘택트렌즈가 없이도 밝은 세상을 볼 수가 있다니, 나에게는 천지개벽 같은 일이다. 천지가 개벽하는 데는 약 20분밖에 걸리지 않았다.

언제나 황사에 덮인 듯 뿌옇게 보이던 세상이 푸르스름한 새벽빛으로 둘러싸여 있는 것을 알게 되었다. 세상이 이렇게 밝은 곳이었던가.

지금까지 먼지 낀 눈으로 세상을 보고 살았구나. 내 눈 속의 먼지는 보지 못하고 남의 눈의 티끌 탓만 하고 살아 왔구나.

그동안 외눈박이 물고기처럼 이 세상의 절반만 보면서 살아 온 것은 아닐까.

내 삶의 저물녘에서 나는 갓 태어난 아기처럼 온 세계가 눈부시다.

나의 왼발

작년 연말에 시작한 백내장 수술은 4월이 되고서야 양쪽 눈이 모두 끝났다. 봄이 되면서 치과 진료를 시작했다. 임플란트 하나에다, 오래 전에 씌웠던 크라운을 뜯어내고 다시 새로 씌우는 치료도 하였다. 봄은 다 가고 여름 더위가 시작되던 날이었다. 두어 달 동안 계속 되던 치료 마지막 날, 진료시간에 맞춰 급히 가다가 그만 넘어지고 말았다.

도심 한 복판에서 점심시간에 파도처럼 밀려오는 젊은이들 틈을 비집고 나가다가, 잠깐 현기증을 느낀 순간 왼발이 제쳐지며 주저앉고 만 것이다. 그러나 그 아무도 쓰러진 노파에게 관심을 두는 사람은 없었다. 젊은 남녀들은 손에 손에 커피 잔을 들고 즐겁게들 이야기하며 나를 지나갔다. 심한 통증을 느끼면서 절룩거리며 택시를 잡아타고 치과로 갔다. 그리고 진료를 모두 끝내고 난 후에야 정형외과로 갔다. 안과에서 치과로 옮겼던 나의 병원 순례는 치과에서 다시 정형외과로 같은 날에 바턴터치를 한 것이다.

영화 ≪나의 왼발≫에서 주인공은 온 몸이 마비되어 움직일 수가 없지만 왼발만 움직일 수 있었다. 그러나 나는 지금 온 몸은 움직일 수 있지만, 왼발은 움직일 수 없다. 평소에 나는 내 몸의 균형 감각에 대해서 열등하게 느끼고 있긴 했다. 몇 년 전 요가 교실에 다닐 때에 몸의 균형을 잡는 동작은 언제나 나를 당혹스럽게 했다. 발이 작기도 하지만 한 발을 들고는 단 몇 분도 서있을 수가 없었다. 그러나 이렇게 쉽게 내 몸이 무너질 줄이야.

엑스레이를 찍은 결과 왼쪽 발등의 뼈가 하나 금이 갔다고 한다. 의사 선생님은 반 기브스를 해 주며, 외출을 자제하고 집에서 쉬라고 한다. 그래서 직립인간으로서 활달하게 걷던 즐거움을 당분간 반납해야 했다.

한 더위 가운데 집에서만 머물다 보니, 발은 불편했지만 그런대로 지낼 만했다. 그동안 무엇 때문에 그렇게 바쁘게 돌아다녔던가 하는 생각이 들었다.

이제는 모든 욕망을 내려놓았고, 잿불처럼 남아 있던 꿈도 이미 접었다. 오직 생존만이 나의 명제로 여겨진다. 아프지 않고 일상을 사는 것, 그것만이 나의 바람이 되었으니 서글픈 일이다.

한 이틀 지나 붕대를 살짝 풀어 보았다. 발등에서 발가락까지 시퍼렇게 멍이 들었고, 퉁퉁 부어 있었다. 그것은 내 발이 아니었다. 나의 왼발은 너무나 낯설었다.

오른쪽 발과 나란히 놓고 비교를 해 보았다. 나의 오른발은 아직도 춘향이처럼 날렵하고 예쁘다. 다섯 개의 발가락에 힘을 주니 꽃송이가 피어나듯이 쫙 벌어진다. 외씨버선을 신지 않아도, 전족을 하지 않아도 사랑스러운 발이다. 발은 얼굴이나 손에 비해서 그렇게 많이 늙지 않는 모양이다.

사실 왼발이라고 해서 나는 오른발과 차별을 했던 적은 없었다. 그러나 지금의 나의 왼발은 매질을 당한 무수리처럼 처참한 몰골이다. 넘어지는 내 몸을 받쳐 주느라 그렇게 망가지고

만 것이다. 왼발이 아니었다면 나는 고관절이나 척추를 다칠
수도 있었을 것이다. 어디를 가든 묵묵히 체중을 떠받혀 주며
목적지로 데려다 주었던 내 발!

기성화를 샀다.

누굴 위해 만들어진지도 모르는 것에

순응하는 발

누구를 위해 마련된지도 모르는 길을

나의 집도 아닌

집으로

익숙하게 돌아가는

발

　　　—신달자 시인의 〈발〉에서

　나는 그동안 얼굴에는 온갖 화장품을 바르고 거울을 보며
가꾸어 왔는데 발에 대해서는 너무 무심했었다. 당분간 두어
달 동안은 나는 오른발을 의지하고 살게 되었다. 손발이나 눈

등을 두 개씩 만들어 만약의 경우에 대비하게 한 조물주의 배려와 지혜는 얼마나 뛰어난가.

걸음마를 시작한 이후, 지금까지 이 발이 이끄는 대로 나는 여기까지 온 게 아닐까? 나는 지금처럼 좁은 보폭으로, 절뚝거리며 서툰 몸짓으로 한 세상 살아 온 것 같다.

넘어지는 것은 잠깐이었다.

지구의 한 모퉁이가 기우뚱하면서, 나의 일상의 기둥은 주저앉고 말았다. 그 순간, 생의 뒷면- 장차 내가 만나야 할 어떤 순간을 슬쩍 엿보았다.

내 삶의 시 한 편

아주 여러 해 전

바닷가 어느 왕국에

당신이 아는지도 모를 한 소녀가 살았지.

그녀의 이름은 애너벨 리―

날 사랑하고 내 사랑을 받는 일밖엔

소녀는 아무 생각도 없이 살았네.

바닷가 그 왕국에선

그녀도 어렸고 나도 어렸지만

나와 나의 애너벨 리는

사랑 이상의 사랑을 하였지.

천상의 날개 달린 천사도

그녀와 나를 부러워할 그런 사랑을.

그것이 이유였지, 오래 전,

바닷가 이 왕국에선

구름으로부터 불어온 바람이

나의 애너벨 리를 싸늘하게 했네.

그래서 명문가 그녀의 친척들은

그녀를 내게서 빼앗아 갔지.

바닷가 왕국

무덤 속에 가두기 위해.

천상에서도 반쯤밖에 행복하지 못했던

천사들이 그녀와 날 시기했던 탓,

그렇지! 그것이 이유였지. (바닷가 그 왕국 모든 사람들이 알 듯)

한밤중 구름으로부터 바람이 불어와

그녀를 싸늘하게 하고

나의 애너벨 리를 숨지게 한 것은.

하지만 우리들의 사랑은 훨씬 강한 것

우리보다 나이 먹은 사람들의 사랑보다도—

우리보다 현명한 사람들의 사랑보다도—

　　—애드가 앨런 포의 〈애너벨 리〉

　내가 이 시를 처음 읽은 것은 소녀 시절, 여중에 다닐 때였다.

　그날 학교에서 영어 시간이었는데, 영어 선생님이 결근을 해서 다른 선생님이 대신 들어오셨다. 서울에서 영문과를 갓 졸업한 여선생님이었는데, 얼굴이 하얗고 미인이었던 선생님은 교과서의 진도를 나가는 대신 칠판에 두 편의 영시를 써주셨다.

　한 편은 워즈워드의 〈무지개〉였고, 다른 한 편이 애드가 앨런 포의 〈애너벨 리〉였다. 그녀는 별 다른 설명이 없이 조용한 목소리로 시를 읽어 주고, 해석을 해 주었다. 그리고 시를 암송하며 먼 곳을 꿈꾸는 듯 아득한 표정을 짓고 있었다.

그 뒤 언젠가부터 나도 그 먼 곳을 어렴풋이 동경하게 되었다. 언어와 언어가 부딪쳐서 빚어내는 섬광에 전율하며, 나도 그러한 세계 속에 나의 조그만 집을 짓고 싶었다.

〈애너벨 리〉, 그 시는 신비스러웠고 아름다웠다.

애드가 앨런 포의 이름은 그 당시 ≪모르그 가의 살인≫이나 ≪검은 고양이≫들을 통해서 추리 소설가 정도로 알고 있었던 것 같다. 이 동화 같은 시가 포에 의해서 써졌다는 사실은 믿을 수가 없었고, 낯설었다. 나중에, 아마 고등학교에 간 후에 그의 생애를 알게 되면서 어린 나이에 죽은 그의 아내에게 바쳐진 시라는 것을 알게 되었다.

애드가 앨런 포는 그의 나이 스물일곱 살 때에 열세 살의 어린 나이인 사촌 여동생 버지니아와 결혼한다. 그러나 그녀는 극심한 가난과 결핵으로 스물네 살에 죽고 말았다. 그는 오랫동안 아내가 잠든 무덤가를 떠돌며 통곡했다고 한다. 이처럼 극심한 고통을 지닌 그였기에 뮤즈는 이렇게 아름다운 시를 그에게 선사한 것이리라.

나는 고등학생 시절에 짐 리브스가 울림이 좋은 목소리로 낭독한 이 시를 녹음기에 녹음해 놓고, 듣고 또 듣고 했던 생각이 난다. 그 달밤의 바닷가의 몽환적인 분위기에 어울리는 허밍 음악도 지금 그 멜로디가 기억에 생생하다.

이 세상에는 사랑이 넘쳐난다. 영화에도, 드라마에도. 길거리에도 지하철에도…. 그러나 진정한 사랑은 없다.

어느 철학자는 "사랑에 대해 말하는 것은 언제나 실패한다."고 했다. 흔히들 말하는 사랑은 사랑이란 이름을 빌린 미덕일 뿐이다. 사람들은 관심이나 집착, 정(情) 등을 사랑으로 오해하고 있다.

이 시에 나오듯이 '하늘의 천사들이 시샘을 할 정도의 사랑만이 사랑이라고 말해질 수 있으리라.

≪아무르≫란 영화를 보았다. 아내가 치매를 앓고 있는 노부부의 이야기였다. ≪아무르≫란 영화에 아무르는 없었다. 노추(老醜)의 비애만 있을 뿐이었다. 소멸해가는 존재에 대한 연민과 절망, 분노가 있을 뿐이었다. 이루어진 사랑은 이미 사랑이 아니다. 습관으로 함몰된 사랑이 어찌 사랑이겠는가.

사랑은 이 시에서처럼 어린 나이의 눈먼 사랑만 사랑이라고 불릴 수 있을 것이다. 지상에 사랑은 없어라. '바닷가 왕국'의 슬픈 사랑 외에는…. 생명을 넘어 영혼으로 존재하는 사랑.

독사에 물려 죽은 유리디체를 구하러 지하세계에 내려가는 올페의 사랑, 히스크리프를 못 잊어 그 영혼이 폭풍의 언덕을 떠도는 캐서린의 사랑, 모두 이 세상 너머의 사랑이었다.

처음 이 시를 읽은 뒤 50년이 지난 지금, 이 시에서는 묵시록적인 여운이 감돌고 있음을 느낀다. 그리고 죽음의 차디찬 심연에 숨어 있는 영계(靈界)의 오묘한 비밀이 엿보인다.

평생을 고통과 피폐한 삶으로 방황했던 포는 이 시를 발표하고 한 달 만에 사십 세의 나이로 영원히 이 세상을 떠났다. 아내가 죽은 지 이 년 후였다. 이 시는 그의 마지막 시이다.

그때, 나는…

몇 년 전, 가을이 한창 깊어가던 어느 날, 대학로에서 한국
여성문학인회가 주최하는 작고 여성작가를 재조명하는 세미
나가 있었다.

플라타너스의 큰 잎이 누렇게 변해가는 대학로는 옛날 대학
시절을 떠올리게 했다. 전공과목에 별 흥미를 못 느끼고 소설
들만 열심히 읽었다. 졸업 후의 특별한 계획도 없이 4년은 금
방 지나갔다. 무언지 초조하고 갈등이 많던 시절이었다. 옛 모
습은 없어도 대학로는 어딘지 사람들의 잃어버린 꿈의 흔적들
이 스며 있는 곳이다.

소설가 김의정 문학세계를 되살펴 보는 세미나는 무르익어 갔다. 조병무 평론가는 "김의정 소설가는 문단의 유행과 관계 없이 인간의 내면세계를 탐구해온 지적(知的)인 작가"라고 했다.

추은희 시인의 회상에 의하면 그녀는 문학에 대한 가열한 열정으로 월급의 대부분을 책을 사는데 썼다고 한다. 그리고 그녀가 봉직한 대학에서 어떤 사건이 벌어졌을 때에 그녀와는 연관이 없었지만, 그 올곧은 성격으로 아무 미련 없이 대학에서 사퇴를 했다고 한다. 그리고 그녀는 호방한 목소리로 김의정과의 우정에 얽힌 에피소드를 이야기하였다. 정릉에 살 때 박경리 선생님과 세 분이 격의 없이 지내던 일도 흥미롭게 풀어 놓았다.

강의를 들으며, 나의 마음은 거의 50년 전으로 돌아가고 있었다.

내가 고등학교 2학년이었던 1961년 어느 날 아침, 조회 시간에 박은혜 교장선생님은 단 위에서 한 여성을 소개하였다. 우리학교 졸업생인데 경향신문에 장편소설이 당선되었다고 하며 표창을 하였다. 그녀가 바로 〈인간에의 길〉을 쓴 서른한 살의 김의정 소설가였다. 그녀는 검은 스커트에 흰 블라우스를 입은 단아한 차림이었다.

그때 그녀가 무슨 말을 했는지는 기억이 안 난다. 그러나 나도 저 선배처럼 나중에 좋은 글을 써야지… 하는 생각을 했던 기억이 난다.

나는 중학교를 부산에서 졸업하고 서울의 K여고에 입학을 하게 되어 온 가족이 서울로 이사를 왔다. 아버지는 좋은 대우를 받던 부산의 직장을 그만 두고, 아이들 교육을 위해 서울로 직장을 옮겼다.

그때 K여고는 중학교 재학생이 모두 여고를 진학하고 남은 자리로 50명가량을 다른 학교에서 온 학생들로 시험을 봐서 채웠다. 그때에 들어온 학생들은 흔히 '타교생'이란 이름으로 불리웠다. '타교생'이라고 해서 특별히 차별 당한 적은 없었다. 그러나 배타적으로 들리기도 했고, 그런 호칭 자체가 불편했다. 그래도 좋은 학교에 들어 왔다는 기쁨으로 차차 학교 분위기에 동화되어 갔다.

강남으로 이사하기 전의 정동의 모교 교정에는 큰 회화나무가 한 그루 있었다. 그래서 모교를 생각하면 그 나무를 떠올린다. 그 나무 아래에서 보냈던 풋풋하고 꿈 많던 시간들….

새로운 친구들도 사귀면서 서울 생활에 익숙해져 갔다. 학교에서는 항상 자신감을 잃지 않도록 긍정적인 사고를 배운 것 같다. 대학에 진학 상담을 할 때에 담임선생님은 나에게 "엉성해 보여도 끈기가 있다."면서 격려해 주셨다.

나는 뚜렷한 목표도 없이 막연히 글 쓰는 사람이 되고 싶어서 대학도 문과를 지망했다. 그러나 내 나이 40세가 되어서야 나는 글을 쓰기 시작했다.

그리고 수필가라는 이름을 얻었다.

김의정 선생님은 1999년, 69세의 연세에 암으로 타계하셨다고 한다.

떠나시기 전에 한 번 찾아 뵐 것을….

50년 전 단 위에 서셨던 선생님의 모습을 이야기하며 한 앞선 작가가 지방에서 올라온 소녀의 마음에 어떻게 파장을 일으켰는지 알려드렸다면, 기뻐하시지 않았을까?

쓸쓸한 회한이 한 줄기 바람이 되어 가슴을 스쳤다.

제 2 부

천사의 섬

그래서 언젠가부터

이 지역이 천사의 섬이라고 불리게 되었다.

섬이 많다고 1004의 섬으로

또 순교자와 그리스도인이 많다고

천사의 섬이라고 불리운 것이다.

– 본문 중에서

내 글쓰기의 밑그림, 외할머니

　나의 수필 〈쪽머리〉〈화로의 여신〉 그리고 〈여인 4대〉 등은 모두 외할머니에 대한 이야기이다. 그밖에도 여러 수필에서 잠깐씩 외할머니의 모습을 엿볼 수 있다.

　흰 치마저고리를 입고 화로 옆에서 조용히 바느질을 하는 모습…. 그것이 외할머니를 생각하면 떠오르는 영상이다.

　어린 시절 방학이면 마산에서 배를 타고 외갓집이 있는 통영에 가곤 했다. 뱃머리에 부서지던 흰 포말과 쪽빛바다는 내 어린 시절 영혼의 우주였다.

　남보다 어린 여섯 살의 나이에 초등학교에 입학한 나는 자주 아팠고 학교에 가는 날보다 결석하는 날이 더 많았다. 외할머니는 우리 집에서 여러 해 동안 같이 사셨다. 바느질하는 외할머니 옆에서 바늘귀도 꿰어 드리고 엎드려 숙제를 했던 기억은 행복했던 느낌으로 남아 있다. 그 그림은 유년 시절이라는 신전의 벽화라고 할까?

외할머니의 이름은 박금안(朴今安), 1893년생이시다. 통영의 번성했던 인동(仁同) 장(張)씨 종갓집에 시집을 와서 한평생 일에서 헤어나지 못하고 사셨다. 시어른들의 진지를 하루에 다섯 번씩 차려내고, 사랑채에 몇 달씩 머무는 과객들의 음식과 옷 수발까지 했다고 한다. 매달 초하루와 보름에는 조상들의 제사를 지내야 했으니, 하녀들이 있었지만 손에 물마를 날이 없었다고 한다. 친정에 세 번 쫓겨 갔는데, 그 중 한 번은 시아버지 앞에서 문을 소리 나게 닫았다는 이유였다고 한다. 외할아버지와는 금슬이 좋았지만 할아버지는 주로 사랑에서 지내셨다. 외할머니 방에 어쩌다 한 번씩 밤에 오셨는데, 신발을 벗어 들고 어른들 몰래 다녀갔다고 얘기해 주셨다.

박경리 선생은 《토지》를 쓰실 때, 통영에는 천석꾼은 있는데, 만석꾼이 없어서 하동을 배경으로 소설을 쓰셨다고 해서 나는 외가를 떠올렸다.

박경리 선생님은 어머니와 초등학교를 같이 다니셨다.

내가 대학에 다닐 때에 선생님이 우리 집에 놀러 오셨다. 생머리에 타이트스커트 그리고 스웨터 차림이었다. 선생님은 어머니께 젊은 시절의 외할머니의 손이 표정이 참 풍부하셨다고 회고하셨다. 그때 나는 그게 무슨 뜻인지 잘 몰랐다. 그리고 외할머니에 대해 꽤 오랫동안 얘기하셨던 것 같다.

어린 시절 우리는 외할머니를 조모이라고 불렀다. 아마 통영지방의 사투리였을 텐데, 조모님이란 호칭의 애칭이 아니었을까.

외할아버지는 요절하시고, 참척을 당한 외증조할아버지는 서울에서 중학교를 다니고 있던 외삼촌을 학교를 중단시키고 불러 내렸다. 사랑채에 데리고 지내면서, 타구나 요강 비우는 예절부터 가르치며 종손 수업을 시켰다고 하니, 시대를 완전히 거꾸로 사신 셈이다. 장손은 어리고 세상물정 몰라 수천 석의 재산은 날아가고, 집안은 점점 몰락해갔다.

내가 대학을 졸업할 무렵 혼담이 오갈 때, 어머니는 신랑감은 마음에 드는데 내가 너무 어려서 망설였다고 한다. 외할머니는, "고추모와 가지모는 일찍 모종을 옮기는 게 좋다."며, 나의 결혼에 찬성했다고 한다. 나는 대학을 졸업하던 해에 결혼했으니, 그녀는 나의 삶에도 깊이 관여하신 셈이다.

결혼을 할 때에 할머니는 바느질 상자에 색색가지 자투리 헝겊으로 만든 골무를 엮어 넣어 주셨다. 외할머니가 손수 만든 앙증맞은 골무들을 보고 있으면 한(恨)을 인내로 다독인 아름다운 생애가 느껴진다.

노년의 외할머니의 소원은 일본에 유학 간 막내아들을 보는 것이었다.

외삼촌은 유학 중 결핵에 걸려 큰 수술을 받고 요양원 생활을 오래했다. 나는 대학생 교복을 입고 벚나무 아래 서있는 사진 속의 외삼촌을 그리워했다. 할머니의 소원은 이루어져 그는 귀국하여 결혼도 하였다.

외할머니는 다시 태어난다면 남자로 태어나고 싶다고 하셨다. 그래서 평소의 소원대로 남자 수의를 입고 돌아 가셨다. 82세에 가셨으니 그 당시로는 장수하신 셈이다. 외할머니가 돌아가신 지 40년이 되었으니 세월이 많이 흘렀다. 나도 이제 황혼에 이르렀으니 더 이상 무슨 말을 하랴.

몇 년 전에 나는 아버지를 여의었고, 여동생 하나도 암으로 떠났다. 그들이 있는 나라는 어떤 곳일까? 그곳은 아득하고 닿을 수 없는 곳….

그들이 지구 어느 곳에 있기만 하다면, 차마고도(茶馬古道) 험한 산중 외로운 집에 살건, 아마존 깊은 정글 오두막에 있건 달려가련만….

잠 안 오는 밤이면, 그들은 살며시 나를 찾아온다. 잠과 꿈의 경계에서 웃는 듯 우는 듯 아련한 표정으로, 마치 오래된 흑백사진처럼….

나의 글에 만약 서사(敍事)가 있다면 그들이 머문 흔적이요, 서정(抒情)이 있다면, 그것은 그들을 향한 나의 진한 그리움이리라.

오래된 한복 한 벌

나의 시조부님은 전라남도 신안의 한 섬에서 태어나서 부모님을 도와서 목화를 제배하고 농사를 지으며 살았다. 그런 어느 날 미국 선교사가 이끄는 부흥회에 참석했다가 은혜를 받고 예수님을 알게 되었다. 그는 예수님을 더 알고 싶고 더 배우고 싶은 마음에서, 가족의 반대를 무릅쓰고 집을 떠나 평양신학교에 입학하여 신학 공부를 했다. 그리고 전라도 지방을 중심으로 여러 교회를 세우고, 부흥강사로 사역을 하였다. 그때는 목사 안수를 받기 전이라 조사(助師)라고 불렀다고 한다. 오늘날의 교회 직책으로는 전도사이셨다.

그 당시 미국 남장로선교회에서 파송 받아 온 분이 계셨는데 바로 한국명, 남대리(Leroy Tate Newland) 목사님이었다. 그는 조국을 떠나 낯선 한국에 와서 박해받고 가난한 영혼들을 위해 복음을 전하였다. 그는 1910년에 한국에 와서 1942년에 한국을 떠날 때까지 32년간 한국 백성과 함께 하셨다. 할아버지는 남 목사와 한 교회를 섬기며 복음 전도에 삶을 걸었다.

몇 년 전부터 남편과 집안의 목회자들은 할아버지의 일생을 더 알기 위해 그 흔적을 찾아 나섰다. 조부님의 외손주 사위인 김 목사는 '기독교 박물관과 도서관의 기록들을 찾았다. 그리고 할아버지가 세우신 교회들도 방문하였다.

할아버지는 기골이 장대하고 목소리가 우렁차서 부흥성회를 인도할 때에는 장내에 열기가 넘쳤다고 한다. 그러나 큰 비젼을 가지고 활발히 목회를 하시다가, 37세의 젊은 나이에 담석증 수술이 잘못되어 소천하셨다. 그때 맏아들인 시아버지의 나이가 13살이었다고 하니, 할머니와 오남매의 고생은 이루 말할 수가 없었다고 한다.

나는 남편과 결혼 후에 할아버지의 얘기를 듣고, 그 시대에 보이지 않는 하나님을 믿으며, 자신의 삶을 개척한 그분에 대해 경외감을 가졌다.

할아버지가 돌아가신 후에 자녀들이 워낙 어렸고, 사는 게 힘들어서였던지, 그때의 기록은 거의 안 남아 있다. 그 당시의 사진들도 한국전쟁 때 피난길에서 다 잃어버렸다. 어떤 교회 사의 기록에 실린 흑백 사진 몇 장이 있어서 추측은 가지만 확실하지 않다. 흰 한복들을 입은 전 교인들이 찍은 한 장의 사진에, 벽안의 남 목사님 옆에 서있는 풍채 좋은 어른이 할아 버지이리라고 추측은 하지만, 확실한 증거가 없으니 답답한 일이었다.

며칠 전에 할아버지(김좌순 金左順 1896-1932)의 83회 추도 모임을 가졌다. 오랫동안 집안에서 내려 온 전통대로 제사 대 신 추모예배로 고인을 추모했다. 올해는 특히 할아버지와 함 께 사역을 했던 남대리 목사님의 후손에 대한 소식을 들을 수 있어 뜻 깊은 모임이 되었다.

미국에서 선교사로 있는 할아버지의 외손자, 이 선교사가 여기저기 수소문한 결과 남 목사님의 자녀들과 연락이 닿았다 고 한다. 그래서 김 목사가 미국에 가서 남대리 목사님의 막내 딸인 90세의 키이스(Keith) 할머니를 만난 것이다.

그녀는 미국 미시시피 주의 잭슨에 살고 있었다. 김 목사와 이 선교사는 LA를 거쳐 Dallas로 가서 비행기를 갈아타고 잭슨에 도착하여 키이스 할머니를 만났다고 했다. 그 집에서 하룻밤을 묵으며 그녀의 어릴 때의 이야기를 들었다고 했다.

그녀는 열세 살까지 전남 광주에서 살다가 가족들과 함께 미국으로 돌아갔다고 했다. 언니들과 함께 평양에 있는 선교사들이 세운 학교로 유학 간 이야기도 하고, 찬송가 440장을 부르는데, "어디든지 예수 나를 이끌면, 어디든지 예수 함께 가려네…."하며 한국말로 찬송가를 부르더라고 했다.

집안에는 고가구인 한국 반닫이도 있고, 놋그릇도 진열해 놓았다고 했다. 무엇보다 그녀가 보관하고 있던 남 목사님의 한복을 김 목사에게 주셨다고 했다.

그 한복은 남 목사님이 한국을 떠날 때 교인들이 선물한 옷이라고 한다. 그녀는 하늘나라에 갈 날이 가까워 오니, 이 옷은 한국에서 보관하는 게 좋겠다고 했다 한다. 남 목사님은 오래 전에 돌아가셨지만, 그 막내딸이 한평생 간직한 남 목사님의 한복을 보고 그 자리에 참석한 친척들은 모두 숙연해졌다. 그리고 눈에 보이지는 않지만 하늘나라에 계시는 분들도 그 방에 같이 있는 것 같은 신비스러운 기운이 느껴졌다.

목사님이 가져온 옷은 미색(연한 노란색) 비단으로 만든 남자 한복과 두루마기로 보관상태가 아주 좋고, 바느질이 정교해서 무척 아름다웠다.

그때 남 목사님은 일본 정부의 강제 출국 지시로 할 수 없이 한국을 떠나게 되었다고 한다. 그 목사님에 대한 감사와 석별의 정을 담아 신도들은 정성을 다하여 한 뜸 한 뜸 바느질을 하였을 것이다. 아마 그들은 75년 후에 남 목사님의 후손과 김 전도사의 후손들이 만나고, 한국으로 이 옷이 다시 돌아오게 되리라는 것은 상상도 못하였을 것이다.

처음 이 옷을 만들 때에는 흰색 비단이 아니었을까? 칠십 년이 넘는 세월이 흐르는 동안 흰색은 연한 황금색으로 변하게 되었을 것이다. 그 옷은 예수님의 초상화에서 볼 수 있는 황금빛 후광처럼 은은하게 빛나고 있었다.

천사의 섬

서울에서 목포까지 네 시간, 그리고 무안까지는 한 시간 남짓 걸렸다. 무안에는 길마다 양파가 언덕처럼 쌓여 있었다. 증도가 섬이라고는 하지만 이미 다리가 놓여 있어 섬이라는 생각이 안 들었다. 그러나 넓게 펼쳐진 염전들이 눈에 들어오면서 신안의 섬에 왔다는 게 실감이 났다. 신안 천일염이 서울의 슈퍼마켓에서 자주 볼 수가 있었기 때문이다.

'슬로 시티'라는 명칭답게 신안에는 사람들이 얼마 없고 자동차도 없다. 택시를 부르면 한참 있다가 왔다. 이곳 어디인가 남편이 태어난 집이 있다는데 찾을 수가 없었다. 시어머님이

해산을 위해 내려와 머물렀던 친정 집. 남편이 고등학교에 다닐 때에 친구들과 무전여행 차 찾아 왔을 때만 해도 그 집이 있었다는데….

하긴 그 세월이 얼마인가, 모든 오래된 것은 사라지기 마련인 것을….

그래도 우리는 낙심하지 않았다. 시부모님이 결혼식을 올렸다는 조그만 교회가 그대로 있었다. 그리고 문준경 전도사가 순교한 그 바닷가에 '문준경 전도사의 순교 기념관'이 훌륭한 건축물로 서 있었다.

내가 문준경 전도사의 이야기를 처음 들은 것은 결혼하고 얼마 되지 않아서였다.

시어머님께서는 고향을, 6·25동란 때를 회상하시면서 전도사 할머니에 대한 이야기를 해주시곤 했다. 전도사 할머니는 나의 시어머니의 친정인 정(鄭)씨 집에 시집 왔으나 나중에 예수님을 영접하고 전도사가 되셨다고 했다.

전도사 할머니는 시어머니의 종조부와 결혼했으나 부부 사이가 안 좋고 아기를 못 낳아 고통 중에 살았다. 남편이 작은댁을 얻어 딴 섬에서 살았지만 20년 동안 시부모를 극진히 모셨다. 그녀를 아껴주고 격려해 주던 시아버지가 소천하신 후에 시댁을 떠났다. 목포에서 삯바느질을 하며 생계를 이어 가던 중 이성봉 목사님이 시무하시던 북교동 교회에 나가기 시작하고 주님께 헌신하기로 결심한다. 서울에 있는 성서학원(현 서울신학대학)에 어렵게 입학하여 공부를 마치고 고향인 섬 지방으로 돌아와 영혼 구원을 위해서 배를 타고 섬에서 섬으로 다니며 전도하였다.

그녀는 아픈 사람들에게는 치료를 해주고, 산파 노릇도 했으며, 밥을 얻어다 굶는 사람들을 먹이며 영혼 사랑을 실천하였다.

그때 신안의 섬 지방에는 나의 시아버님의 중부(仲父)님이 되시는 김정순(金正順) 전도사가 증동리 교회에서 전도사로 시무하고 있었다. 그는 아우인 나의 시할아버지께서 전도사로 일하다가 37세로 소천한 후에 남은 조카들을 돌보아 왔다고 한다. 다행히 할아버지께서 생명 보험에 들어 놓아서 그 돈으로 자녀들은 공부할 수 있었다고 한다.

문준경 전도사님은 시댁의 손녀뻘 되는 나의 시어머니를, 김정순 전도사는 당신의 조카인 나의 시아버지를 중매해서 두 사람은 결혼하게 되었다.

그들은 김정순 전도사가 지은 〈도서가(島嶼歌)〉를 부르며 섬에서 섬으로 작은 배를 타고 다니며 전도를 했다고 한다.

산을 넘고 강을 건너 복음지고 가는 자야
무안군도 십일 면에 십만여 명 귀한 영혼
이 복음을 못 들어서 죄악 중에 헤매이네.

달려라 그 귀한 발걸음
전하여라 그 귀한 복음을
입해 지도 도초 안좌
자은 암태 임자 하의
비금 팔금 흑산에
전하여라 그 복음을

마치 사도 바울이 지중해의 섬으로 배를 타고 다니며 전도한 것같이 그들도 태풍을 만나기도 하고 좌초의 위험을 두려워하지 않으며 섬사람들에게 그리스도를 전했다.

그녀는 미신에 사로 잡혀 살던 주민들을 계몽시키고 '죽으면 죽으리라'라는 믿음으로 섬사람들을 위해 사랑으로 헌신했다.

처음으로 임자도에 진리교회를 세우고, 증도에 증동리교회, 전증도에 대초리교회 등을 세웠다. 증동리교회를 지을 때에는 목포에서 여학교에 다니던 나의 시어머니가 할아버지에게(문준경 전도사의 시숙) 소유하고 있던 밭을 교회부지로 헌물하자고 하여 무남독녀인 손녀의 청을 들어 주었다고 한다.

6·25동란이 발발하자, 북한군들은 섬 지방의 많은 믿음의 가족들을 학살했고, 전도사님은 목포에 있었지만 증동리의 신도들을 위해 위험을 무릅쓰고 섬으로 와서, 60세의 나이로 바닷가 모래밭에서 북한군의 총탄에 순교하셨다.

지금 이 섬 지방에는 전도사님의 순교의 열매로 기독교 신자들이 거의 90%이며, 김준곤, 이만신 목사님 등 한국 교회의 걸출한 지도자들이 많이 배출되었다.

그래서 언젠가부터 이 지역이 천사의 섬이라고 불리게 되었다. 섬이 많다고 1004의 섬으로 또 순교자와 그리스도인이 많다고 천사의 섬이라고 불리운 것이다.

그분은 성격이 무척 활달하고 여장부적인 자질을 갖추신 분이었던 것 같다.

전 시대의 여성들은 대부분 자신의 운명이 자신을 구속하더라도 대부분 참고 고통을 감내하는 것을 미덕으로 살아 왔다. 그러나 그녀는 자신을 옭아맨 환경으로부터 신앙의 눈뜸으로 자신의 운명을 극복하고 순교로써 그녀의 삶을 승리로 이끈 뛰어난 여인이었다. 기독교사에 거의 알려지지 않고 성결교단에서만 알려지던 문준경 전도사의 사역은 여성 지도자가 없던 한국의 기독교사에 큰 의미를 주었다.

한 알의 밀알이 땅에 떨어져 죽으면 많은 열매를 맺는 것같이 그녀의 순교가 이 섬지방을 복음화했다.

많은 세월이 지난 후에 그 기념관이 세워지고 그녀를 기리게 되었으니 참으로 다행한 일이다.

시간의 아이들

어느 날, 옛날 편지들을 정리하고 있었다. 한 편지뭉치 속에서 15,6년 전에 군대에 간 아들이 보낸 편지들이 나왔다. 누렇게 변해버린 시험지에 아들이 삐뚤삐뚤한 글씨로 쓴 편지였다.

… 영하 20도를 오르내리던 자등의 바람도 이제는 따스한 봄바람으로 변해 대지를 푸르게 물들이고, 꽃 망울진 가지를 흔들며 스쳐가고 있습니다. 위병소 앞에 있는 살구꽃은 벌써 만발하여 지루하던 겨울이 끝났음을 상기시켜 주고 있습니다. 저는 아직도 부대 문화화 하기 작업을 계속하고 있습니다. 화장실에는 주옥같은 '시'들이 계속해서 붙여지고, 주말엔 베토

벤의 피아노 선율이 부대에 울려 퍼지기도 합니다. 저는 그 많은 냉소와 빈축에도 불구하고 이러한 일련의 작업을 하는 것을 '가난한 노래의 씨 뿌리기'로 이름 붙였습니다. …

어떤 편지에서는 제대를 앞두고 느끼는 막막함과 장래에 대한 불안감을 읽을 수 있었다. 나는 편지에 몰입해서 그 당시의 기억을 더듬으며 아들의 모습을 떠올렸다. 가족들이 면회 갔을 때, 검게 탄 얼굴과 짧게 깎은 머리로, "… 말입니다요…." 하며 이상한 말투를 써서 다른 사람 같아 보였던 생각도 났다.

그런데, 그때 거실에서 어린 여자애들의 웃음소리가 들려왔다. 까르르 하는 웃음소리와 함께 통통거리며 뛰어 다니는 소리도 났다.

나는 순간적으로 형용할 수 없는 시간의 단절감을 느꼈다. 그것은 내가 처음으로 경험한 이상하고도 신비한 체험이었다. 저 아이들은 어디서 온 아이들일까? 갑자기 내가 처한 현재의 시간이 너무나 낯설게 느껴졌다. 나의 현재가 하얗게 바래져 시간도 공간도 초월한 무중력 상태에 떠 있는 듯했다. 마치 그 15,6년 동안의 시간이 사라져 버린 듯, 아무 기억이 안 났다. 그리고는 찰나의 환각에서 깨어났다.

이 아이들은 바로 그 시간의 선물인 것이다. 모든 존재는 시간의 산물이다. 시간은 존재를 생산하기도 하고 거두어 가기도 한다.

찰스 램의 〈꿈속의 아이들〉이란 작품에서, 아이들은 "우리들은 당신의 아이들이 아니에요. … 우리는 그저 꿈이랍니다. 우리는 단지 존재할 수도 있었던 것에 불과할 뿐이오." 라며 점점 사라져간다.

그런데 이 아이들은 어디서 온 것일까? 먼 우주의 끝에서 셋이 손을 잡고, 점점 커지면서 불쑥 우리 집 거실에 나타난 것 같다. 어느 별에선가 꽃씨 하나 떨어져 이 땅에서 싹이 나고 자라 꽃 한 송이로 핀 것 같은 존재들. 그들은 만돌린 소리 같은 웃음을 웃기도 하고, 시냇물이 흘러가듯 조잘조잘대기도 한다. 마치 은방울꽃이 흔들리는 것 같은 세 자매의 몸짓…. 그들은 흰 종이 위에다 계속 무지개, 해와 달을 그린다.

그들 속에서 어린 시절의 나를 본다. 자매는 그때의 나처럼 수줍고 부끄러움이 많다. 나의 어린 시절, 나의 미래가 궁금했었다. 그때 내가 생각할 수 있는 제일 먼 미래는 20대나, 30대였다. 지금, 이 나이의 나는 상상의 한계 밖이었다. 시간이란 강물은 나를 노년의 언덕으로 싣고 왔다. 아이들 등교 길에 함께 가면서, 나도 그 옛날 초등학교 때의 어린아이가 된다.

어느 날 어머니는 좋지 않은 꿈을 꾸었다며 아버지께 나를 학교에 데려다 달라고 부탁하셨다. 그런데 어쩐 일인지 나는 혼자 학교에 가게 되었다. 신작로 길을 걷고 있던 중 건너편에 있던 남자애들이 던진 돌에 맞아 이마에 피가 흐르고 병원에 가는 소동이 났었다. 지금도 선명히 기억되는 돌을 맞은 순간의 그 절벽에 부딪친 것 같던 고통. 그 이후 학교에 가는 일이 두려웠다. 학교는 멀고도 멀었다.

자매는 횡단보도를 건너, 굴다리 아래를 지나고, 아파트 단지를 거쳐서 학교에 간다. 이 아이들에게도 등교 길은 먼 길일 것이다. 지난 가을엔 은행잎이 떨어져 노란 카펫이 깔린 것 같던 그 길은 그들에게 어떤 그림으로 기억될까?

빗방울이 떨어지면 강물이 불어나고, 바다에 이르러서는 다시 증발하여 구름이 되는 이 순환의 법칙에 우리의 삶도 비껴날 수 없을 것이다.

구순을 바라보는 어머니는 시간을 거슬러 올라가며 스크린

속 같은 희미한 영상을 붙잡으려 애쓰신다. 어머니에게는 5, 60년 전이 바로 며칠 전 같기도 하고, 어제 오늘 일이 아득한 옛날 같아 보인다. 가끔 시간 속에서 길을 잃고 헤매기도 한다. 언젠가는 나에게 "너 많이 컸구나. 이제 건강한 어른이 되었네."라고 말씀하셨다. 어머니에게 나는 아직도 병약한 어린 아이였나 보다.

우주 안에서 나의 존재는 어머니와 내 자식들, 그리고 그들의 아이들을 잇는 하나의 고리가 아닐까?

시간은 가끔 숨바꼭질하듯 모습을 숨기기도 하고, 여울물처럼 어지럽게 휘돌기도 하지만, 여일하게 영원을 향해 흘러간다. 생명을 가진 존재들은 언젠가는 시간 밖으로 사라진다. 그러나 우리에게는 불가항력적인 '사랑'이라는 유전자가 내재해 있어 생명은 생명으로 이어진다.

손자, 오래된 미래

여름방학을 맞이하여 미국에 있는 외손자가 할아버지, 할머니를 찾아 서울에 왔다. 미국 오리건 주에 사는 작은딸의 장남인데, 작년 가을에 대학에 입학하였다. 한국어를 제2외국어로 택하여 공부하고 있다는데 한글도 곧잘 쓰고 말도 기본적으로 알아듣고 이해한다.

국내 대학의 한국어 프로그램을 신청하여 기숙사에서 지내고 주말에는 우리와 같이 시간을 보내었다. 한국어를 더 배우겠다는 마음도 신통하고, 우리를 찾아와 준 게 너무 고마워 그를 만나는 게 가슴 설레었다.

그는 제 부모가 호주에 살 때에 시드니에서 태어났다. 그때는 우리도 남편이 대학에서 안식년을 얻어, 미국 스탠포드 대학 근처에 살고 있을 때였다.

샌프란시스코 공항에서 밤 비행기를 타고 딸의 산후조리를 도와주기 위해 시드니로 가던 이야기를 〈밤 비행기〉라는 수필에 쓴 적이 있다.

그는 나에게 처음으로 할머니란 명칭을 선물했으니 야속하다. 그래도 그 덕분에 나는 인생에서 한 계급 진급했으니 기특한 녀석이다. 그는 아침에 태어났는데, 밤새 진통에 시달리던 딸이 아이의 울음소리와 함께 아기를 낳았다. 나는 그 순간 딸의 고통이 끝났다는 사실이 너무 고마웠다. 약한 마취도 아기에게 해로울지 모른다며 다 거부하고 그대로 산통을 참는 탓에 나는 마음을 졸이고 있었다. 그 곳 병원은 분만실이 방이 크고 가족들도 함께 있게 했다.

마침 해가 떠서 햇빛이 온 방안에 비춰 들어 왔다. 방안에는 새로운 생명이 태어난 성스러운 기운으로 가득 찼다. 그는 아주 오래된 미래에서 현재라는 시간에 찾아 온 귀한 존재였다.

그 조그만 아기가 이렇게 당당한 청년으로 자라다니, 그가 도착한 날 저녁에는 쉽게 잠이 들지 않았다. 어딘지 가슴 뿌듯

하고 충만한 기쁨을 느꼈다.

주말에는 남편이 운전하면서 서울의 이곳저곳을 구경 시켜 주었다. 고등학교 때부터 운동을 좋아해서 지금도 대학의 럭비선수라 키도 크고 덩치가 크다. 그의 옆에 서면 우리 부부는 더 왜소해 보이고 나는 그에게 기대고 싶어진다.

그는 어릴 때처럼 성격이 과묵하고 말이 없다. 그러나, 제 부모를 닮아서 정이 깊고 사려가 깊은 걸 보아왔다. 자동차 뒷자리에 앉아 있으면서, "감사합니다"만 연발한다. 꼭 바둑인 이창호처럼 '돌부처'과인 것 같다.

대학로에 갔을 때, 주차를 시키는데, 어떤 아저씨가 막내아드님이냐고 묻는다. 우리가 젊게 보이는 것 같아서 듣기에 싫지 않아 웃었다. 그리고 이 아이 어딘가에 나와 남편의 모습이 새겨져 있는 것 같아 즐거웠다. 격세유전(隔世遺傳)의 힘으로 그의 얼굴 어딘가에 우리의 희미한 그림자가 남아 있지 않을까.

나는 어릴 때에는 아버지를 많이 닮았다는 이야기를 들었다. 어린 날 동네 골목길에서 놀고 있으면, 아버지를 찾아오신 손님이 나를 보고, "너희 집이 어디니?" 하며 집을 찾았다고 한다. 그런데 크면서 어머니를 많이 닮았다는 얘기를 들었다.

남편은 나를 보고, "난 또 장모님이 앉아 계시는 줄 알았지." 한 적도 있다. 그런데 요즈음 내가 화장을 안 한 채 거울을 자세히 보면 나의 외할머니 얼굴이다. 얼굴이 길어지고, 눈꼬리는 처지고 얼굴에 여기저기 검버섯이 피고….

마치 암각에 남아 있는 원시인들의 그림처럼 혈육에 새겨진 조상들의 흔적은 계속 이어질 것이다. 이 아이에게 나는 어떻게 비쳐질까? 멀리 외국에서 살고 있어 자주 보지도 못하니 내가 외할머니에서 느끼는 그런 정은 기대하지도 못할 것 같다.

나도 손자라 해도 다 커서 그런지 말 한마디 한마디가 조심스럽다. 그에게 외갓집이란 말이 주는 그 푸근한 정을 맛보게 해주고 싶었는데, 무더위에 메르스니 뭐니 하며 정신없이 6주가 지나가버리고 말았다.

손자란 때로는 애인 같기도 하고, 내 생애에 만나보지 못한 나의 할아버지 같기도 하다. 때로는 아들같이 든든하기도 한, 참으로 불가사의한 존재인가보다.

앞으로 그가 살아 갈 세상이 보다 밝고, 평화롭기를 기도하고 싶다. 그리고 그가 따뜻한 가슴으로, 꿈을 이루며 살기를 바래본다.

우리에게 고향은 있을까

나의 살던 고향은 꽃피는 산골

복숭아꽃 살구꽃 아기 진달래

울긋불긋 꽃 대궐 차리인 동네

그 속에서 놀던 때가 그립습니다.

내 고향 마산 출신의 이원수 선생이 지으신 동요이다. 아리
랑이나 애국가처럼 누구나 고향을 생각하며 부르는 노래, 남
북 이산가족이 만났을 때에도, 독일로 파견된 광부들이나 간
호사들이 모였을 때에도 조국의 강산을 생각하며 부르는 동요

이다. 이 세상에서 상처 받고 외로운 영혼들이 이상향으로 생각하는 곳이 꽃피는 산골, 고향일 것이다.

안평대군이 꿈속에서 보았다는 그 마을도 복사꽃이 핀 마을이었다.

어린 시절의 마산을 생각하면 떠오르는 아련한 영상들. 내가 태어난 집은 넓은 마당에 감나무, 무화과나무가 있어서 여름이면 하얗게 떨어진 감꽃을 엮어 목걸이를 만들곤 했다. 집 앞 신작로에는 가끔 안개 같은 연기를 뿜으며 소독차가 달려가고 아이들은 그 차를 뒤쫓아 뛰어갔다. 호떡 가게에는 전족을 한 중국 여자가 검푸른 중국옷을 입고 뒤뚱뒤뚱 걸어 다니곤 했다. 저녁 어스름 때에는 골목에서 생선 굽는 냄새가 나고 어머니들이 부르는 소리가 들려오기도 하던 곳….

그 후 언덕 위 동네로 아버지께서 손수 집을 지어 이사를 갔다. 우리 집 마루에 서면 멀리 바다가 보였다. 누워 있는 소의 모양을 한 돝섬이 떠 있고, 밤에는 외항선들이 불을 켠 크리스마스 케이크처럼 밤바다에 불빛을 비치며 떠 있었다.

언제나 내 마음 가운데 자리 잡아 어린 시절의 꿈을 잃지 않게 하던 내 고향. 그런데 몇 년 전에 나는 고향을 잃어 버렸다. 마산이란 이름은 영 사라지고 말았다. 진해와 마산이 창원에 흡수되어 창원이라는 거대 도시의 일부분이 되어 버렸다. 나는 하루아침에 뿌리 없는 떠돌이가 되어버렸다.

많은 농촌들이 개발되고 도시들이 생기면서 목가적인 고향은 사라지고 있다. 작은 도시는 큰 도시가 되고, 좁은 길은 넓어지고, 섬들은 사라지고 있다. 섬들 사이에도 다리가 생겨 섬은 더 이상 "바다 위에 떠 있는 한 점"이 아니다. 오랜 만에 고향을 찾은 사람들은 대부분이 마음속에 간직하던 고향의 모습과 너무나 달라 실망을 한다.

우리가 때때로 자신에 대해 실망하듯이 고향은 우리를 실망시킨다. 그래서 고향에 돌아가는 일은 두려운 일이기도 하다. 나르시스가 물에 자신의 영상을 비춰 보듯이 우리는 고향에서 자신의 자아를 찾기를 원한다. 고향은 우리에게 거울이자 꿈이다. 우리가 부모를 선택할 수 없듯이 고향을 선택할 수 없다.

노랫말에 나오는, 벽돌 담 안의 죄수가 그리워하는 푸른 풀밭이 있는 고향은 진정 꿈속에서만 존재하는지도 모른다. 오디세이는 험난한 항해를 하며 고향인 이타카를 찾아갔지만, 연적들의 눈을 속이기 위해서 거지 노인으로 변장을 해야만

했다.

예수님도 고향에서 환영 받지 못했다. 굴원이나 김삿갓도 고향을 떠나 떠돌았으니. 고향은 멀리서만 바라보는 곳이 아닐까.

이 노마드의 시대에 고향에 대해 이야기하는 것은 적절하지 않을지도 모른다. 많은 사람들이 고향을 떠나 살고 있다. 중동 지방에서 전쟁으로 집을 잃고 떠도는 난민들, 지진이나 쓰나미로 고향을 떠나야 하는 사람들, 그리고 북한의 체재를 피해 목숨을 걸고 남하한 새터민들…. 그들의 고향은 죽음과 고난의 땅이다. 과연 그들에게 고향은 어떤 의미가 있을까.

우리는 어린아이가 엄마 품에 안기고 싶어 하듯이 정결하고 포근한 공간을 그리워한다. 모든 위험과 불안으로부터 우리를 보호해 주는 곳. 어머니의 자궁처럼 따뜻하고 평화로운 곳이 바로 우리가 꿈꾸는 고향이다. 그래서 작고하신 H선생님은 어머니를 "움직이는 고향"이라고 했다.

영화 ≪그래비티(gravity)≫에서, 우주복을 입은 우주 비행사가 모선에 줄이 달린 채 우주 속을 유영하는 모습은 바로 탯줄에 매달려 양수 속을 떠다니는 태아의 모습을 연상하게 하였다. 그 모습은 대우주 속에서 너무나 고독하고 연약한 존재로 비쳐졌다.

우리에게 고향은 있을까?

하늘 멀리 저 아스라한 영원 속, 우리가 결국은 돌아 갈 그곳이 아닐까?

고향에 돌아온 날 밤에

내 백골이 따라와 한 방에 누웠다.

어두운 방은 우주로 통하고

하늘에선가 소리처럼 바람이 불어 온다.

(생략)

가자 가자

쫓기우는 사람처럼 가자

백골 몰래

아름다운 또 다른 고향에 가자.

　　　―윤동주의 〈또 다른 고향〉

제 3 부

아일랜드를
떠나며

"흰 나방 날갯짓 하고,

나방 같은 별들 멀리서 반짝이는"(예이츠) 곳.

웅크린 태아 같은 모습을 한 아일랜드!

어딘지 먼 전생의 혈연인 듯 마음이 끌리는

나라이다.

– 본문 중에서

아몬드 꽃 우산

그녀는 검정색 바지와 상의 차림에 백팩을 한 어깨에 걸치고 소녀처럼 발랄한 웃음을 띠고 우리에게 다가왔다. 그때 나는 딸과 함께 암스테르담의 한 트램 정류장에서 그녀를 기다리고 있었다. 그녀는 우리에게 미리 사둔 반 고흐미술관과 라이스 미술관의 입장권을 건네주었다. 40대 후반은 되었을 텐데도 그녀에게서는 소녀 같은 젊음이 느껴졌다. 부산에 있는 친정 아버지가 암이라면서 걱정스러운 표정을 지을 때에는 얼굴에 살짝 그늘이 지어졌다.

귀국 후에 그녀는 나에게 편지와 함께 선물을 보내 주었다.

반 고흐미술관에서 샀다며 고흐가 그린 그림이 프린트된 우산
이었다. 하늘 아래 가지를 활짝 편 아몬드 나무가 있고 가지에
는 복사꽃과 비슷하게 생긴 흰 아몬드 꽃들이 흐드러지게 피어
있었다.

　… 보내주신 책 감사히 받았습니다. 오래전 돌아가신 저의 어머니와
최근 떠나신 시어머님을 그리며 읽었습니다. 그동안 잊고 있던 많은 분들,
장소들, 경험들을 다시 생각하게 되었구요. 반 고흐의 〈아몬드 꽃〉은 제
가 아주 좋아하는 그림입니다. 어느 비 오는 날 커피여행을 떠나실 때
쓰시면 어떨까 하고 하나 샀습니다. …

그녀는 나에게 우산으로 쓰라고 했지만 나는 요즈음 양산으
로 쓰고 다닌다. 빗물을 적시기에는 아깝게 생각되기 때문이
다. 아청색 바탕에 흰 아몬드 꽃이 피어 있고 나무줄기도 고흐
의 화풍답게 울퉁불퉁하게 그려져 있다. 뜨거운 햇살 아래 이
양산을 쓰면 마치 꽃나무 아래에 서 있는 듯이 잔잔한 흥취가
밀려온다.
　〈꽃이 활짝 핀 아몬드 나무〉라는 이 그림은 고흐가 동생 테

오의 아들이 태어난 것을 축하해서 그린 그림이다.

1890년 1월 3일에 테오는 형에게 편지를 보냈다.

… 사랑하는 형, 집사람이 힘든 시간을 넘기고 아주 예쁜 아들을 낳았어. 아이는 많이 울어대지만 건강해. 집사람이 몸을 회복할 때쯤 형이 와서 우리 아들을 볼 거라 생각하면 얼마나 기쁜지 몰라. 전에 말한 대로 우린 아이를 형의 이름을 따서 빈센트라 부를 거야. 이 아이 역시 형처럼 강직하고 용감하기를 진심으로 기원하고 있어.

이때는 고흐가 정신병으로 생 레미 병원에 입원해 있을 때였다. 고흐는 테오에게 아기가 태어난 것을 축하하는 편지를 보내고 또 그의 어머니에게도 편지를 보냈다.

사랑하는 어머니께,

… 어머니께서도 요즘 저처럼 테오와 제수씨 생각을 많이 할 거라 생각해요. 무사히 분만했다는 소식 듣고 얼마나 기쁘던지요. 윌(여동생)이 도와주러 가있다니 정말 다행입니다.

사실 전 태어난 조카가 아버지 이름을 따르기를 무척 원했답니다. 요즘

아버지 생각을 많이 하고 있거든요. 하지만 이미 제 이름을 땄다고 하니, 그애를 위해 침실에 걸 수 있는 그림을 그리기 시작했어요. 파란 하늘을 배경으로 하얀 아몬드 꽃이 만발한 커다란 나뭇가지 그림이랍니다. …

그해 7월 29일에 고흐는 스스로 자신의 37년 동안의 생을 마감하고 만다.

평생을 고독과 고통 속에서 산 고흐는 파란 하늘 아래 쭉쭉 뻗어 나간 편도나무 가지와 꽃들을 그리면서 사랑하는 동생이 아들을 갖게 된 것을 무척이나 기뻐했을 것이다.

그리고 자신의 예술세계와 그의 삶이 정점을 이루는 황홀한 순간을 간절히 소망했을 것이다.

미완의 성(城)

열흘 동안의 남독일 여행에서 여러 도시에서 옛 성들을 보았지만, 제일 인상 깊었던 곳은 루드비히 2세(1845-1886)가 지은 노이슈반슈타인 성(Neuschwanstein Schloss)이었다. '백조의 성'이라고도 불리는 이 성은 동화에나 나올 듯한 아름다운 성이었다.

호엔 슈방가우 성에서 자란 루드비히 2세는 어릴 때부터 건너편에 멀리 보이는 산골짜기에 아름다운 성을 짓기를 꿈꾸었다고 한다. 18세에 왕위에 오르자 성 짓기를 계획하고 건축학을 공부하며 1869년부터 성을 짓기 시작했다. 그는 그가 꿈꾸던 전설과 신화의 세계를 건축물로 남기고 싶어 했던 것이다.

감수성이 예민하고 예술에 대해 남다른 애정을 가지고 있었던 그는 190센티의 훤칠한 키에 얼굴이 잘생긴 미남으로 바바리아의 왕인 아버지와 프로이센의 공주였던 어머니 사이에 태어난 인기 있는 왕이었지만, 일생을 독신으로 지냈다. 오스트리아의 왕비가 된 씨씨란 애칭을 가진 엘리자베스는 그와 사촌간이었다. 그녀와는 편지를 주고받으며 돈독한 우정을 쌓았다. 그리고 씨씨의 여동생 샬롯테와 약혼까지 했으나 그는 스스로 파혼하고 말았다.

길지 않은 일생을 그는 고독 속에 살며 성 짓기에만 몰두했다. 그는 어릴 때 부왕으로부터 엄격한 제왕 교육을 받아 왔기에 그의 여린 심성에는 상처가 되어, 정치보다는 군중에서 멀리 떨어져 산속에서 지내는 것을 좋아 했다.

열여섯 살 때 바그너의 오페라 《로엔그린》을 본 후 그는 깊은 감동을 받아 평생 바그너를 존경하고, 중세의 영웅적인 기사를 동경하게 되었다.

그가 태어난 19세기는 시민 의식이 싹트기 시작하고 유럽의 왕가들에도 서서히 몰락의 그림자가 비추기 시작할 즈음이었다. 그는 이미 새로운 시대가 도래하고 있다는 것을 느끼고 그의 일생이 평탄치 않으리라는 것을 예감하고 있었는지도 모른다. 그래서 그는 독신으로 살며 후손을 남기지 않고, 그 대신 아름다운 성을 남기려 한 것이 아니었을까?

그가 지은 성들은 왕족들의 거처나 궁중 예식을 위해 지은 것이 아니었다. 산 속에 인가들과 멀리 떨어져서 한 고독한 영혼이 그의 꿈의 세계를 구현하기 위해 건축한 예술품이었다. 디즈니랜드의 '백설공주의 성'은 바로 이 성을 본떠서 지었다고 한다.

성의 내부는 화려함의 극치를 이룬다. 독일의 옛 전설들과 바그너의 악극에 나오는 ≪로엔그린≫이나, ≪파르치팔≫ 등의 장면을 그려 놓은 화려한 벽화나, 천정화로 장식되어 있다. 왕좌 뒤에는 예수님과 12사도를 금색의 모자이크로 그려 놓았다. 그는 특히 ≪로엔그린≫에 나오는 백조를 좋아하여 백조 모양을 한 큰 화병이 놓여 있고, 문고리도 백조의 부리를 형상화시켜 놓았다.

그는 백조의 성을 짓는 동시에 린더호프 성과 헤렌킴제 성을 한꺼번에 지었으니 국가의 빚은 점점 늘어나고, 그의 개인 재산도 다 팔아야 했다. 왕가에서 내려오던 블루 다이아몬드도 팔려나가 지금은 미국 워싱턴의 스미소니언박물관에서 소장하고 있다고 한다. 주위에서는 그를 이해하지 못했고 그는 점점 고립되어 혼자만의 세계에 빠져 성 짓기에만 몰두했다.

1886년 결국 의회에서는 그를 정신병으로 몰아 왕위를 박탈했다. 그가 다른 성으로 쫓겨난 이튿날 그는 주치의와 함께 산책을 나가 돌아오지 않았고, 다음날 그들은 연못에서 시신으로 발견되었다. 그는 죽음의 원인도 밝혀지지 않은 채 41세로 짧은 생을 마감하였다.

성은 17년 동안 지어졌으나 그의 죽음으로 미완성으로 남겨졌다. 그의 성은 그에게 환희이면서 질곡이었다. 그는 왕이라는 의무와 통치적인 권력보다는 예술가적인 상상력으로 꿈을 실현하였다, 전설 속의 영웅이 되고 싶어 했던 그는 지금은 동화 속의 왕자처럼 전 세계에서 오는 관광객으로부터 경탄과 연민의 대상이 되고 있다.

카프카(1883-1924)의 소설 ≪성(城)≫에서, 측량기사인 주인공 K는 그곳 성의 부름을 받아서 왔지만 그 성에 들어 갈

수가 없다. 그는 며칠 동안을 성의 주위만 돌고 있다. 성은 계속 모호하고 이상한 분위기로 묘사된다. 카프카의 ≪성≫은 인간 존재를 황폐화시키는 사회적 제도나 부조리함을 상징하고 있다.

　카프카는 체코의 프라하에서 태어난 유태인으로 독일어로 소설을 썼다. 그는 루드비히 2세와 같은 41세에 폐결핵으로 세상을 떠났다. 그들 두 사람은 환경과 신분은 달랐지만 3,4십 년차이의 연배로 동 시대를 살았다. 두 사람 모두 아버지와 갈등이 깊었으며, 개인적인 소망과 사회적인 의무의 대립 속에서 고민했던 점도 비슷하다. 카프카도 그의 약혼녀 펠리체 바우어와 두 번이나 약혼했다가 파혼했다는 점도 흥미롭다. 그는 생전에는 알려지지 않았지만, 사후에 현대인의 실존적인 불안과 고독을 천착한 위대한 소설가로 인정받는다. 그의 소설은 난해하고 미완성의 작품도 많다. 그는 보험회사 직원으로 일하면서, 평생 창작하기를 멈추지 않았다. 그의, "문학은 우리 내면의 얼음바다를 깰 수 있는 도끼여야 한다."는 경구는 지금도 우리 가슴을 서늘하게 한다.

　두 사람 모두 독창적이었으며, 몽상가였고 아무도 그들을 이해하지 못한 외로운 존재였다. 아마도 그들은 같은 운명의 별 아래에서 태어난 것 같다. 단지, 루드비히 2세는 지나간 절대 왕조시대를 복제하고 싶어 한 복고적인 인물이었다면, 카프카는 세기 말의 불안을 미리 예시한 미래의 작가였다.

루드비히 2세는 백조의 성으로, 카프카는 언어로 그들은 미완의 성을 쌓았다.

사람은 일생동안 살아가며 보이지 않는 성을 쌓아 간다. 특히 예술이나 학문에 종사하는 사람들은 다른 사람과는 구별되는 성을 쌓으려고 애쓴다. 그의 경험이나 지식은 성의 벽돌이 되고, 그의 안목과 시야는 창문이 된다. 그는 성 둘레에 해자(垓字)를 파고 물을 흐르게 하여 낯선 사람들이 쉽사리 접근하지 못하게 한다. 그리고 밤에는 성문을 꼭꼭 내려 닫는다. 그러나 그가 자아에만 사로잡혀 이웃과의 소통은 멀리하고 자신을 유폐시키면 성은 그에게 감옥이 될 것이다.

우리가 일생 살아가는 삶도 미완의 성이 아닐까?

그래서 우리의 삶이란 한없이 슬프고도 아름다운 것이리라.

프로방스의 인상

어릴 때에 알퐁스 도데의 〈별〉을 읽은 사람은 누구나 프로
방스지방을 가보고 싶어 할 것이다. 프랑스 영화 ≪운명의 샘
≫과 ≪마르셀의 여름≫을 본 사람들도 남프랑스로의 여행을
꿈꾸리라. 구릉과 언덕이 있고 야생의 새들이 산 사이를 날아
다니는 곳…. 오페라 ≪라 트라비아타≫에서 아버지는 파리의
도시적 향락에 빠져 있는 아들에게 "아름다운 바다와 태양이
있는 고향 프로방스로 돌아가자."고 간청한다. 샤갈이 잠들어
있고, 알베르 카뮈의 바닷가 묘지가 있는 곳.

무엇보다 "저 숱한 별들 중에 가장 가냘프고 빛나는 별 하나

가 그만 길을 잃고 내 어깨에 내려 앉아 고이 잠들어 있노라.”
는 스테파니 아가씨와 목동이 본 별들이 뜨는 프로방스는 다양
하고 섬세하고 신선했다. 그러나 열흘 남짓한 주마간산 격 여
행으로는 그 속살을 다 볼 수가 없었다.

마르세유

베르사유를 벡사이라고 말하듯이 그곳에서는 마르세유를
막세이라고 불렀다. 구 마르세유는 그렇게 크지도 않고, 그러
면서 그만 그만한 배들이 많이 정박해 있어 선창 냄새를 짙게
풍겼다. 어린 시절의 추억이 살아 있는 부모님의 고향, 통영처
럼 친밀감이 느껴졌다. 오래 전에 본 ≪화니≫란 영화는 마르
세유가 그 배경이었다.

선창가에서 생선 장사를 하던 화니의 어머니가 생선을 두
손으로 움켜지고 냄새를 맡으며 옛날을 그리워하는 장면이 생
각났다. 항구가 내려다보이는 가파른 언덕에 있는 마리아성당
은 성스럽고 웅장한 곳이었다. 아마 화니가 울면서 이 성당에

서 기도하지 않았을까?

처음으로 내가 대학에 들어간 봄, 그 솜털 같던 봄날에 이 영화를 보았다. 명동에 있는 중앙극장에서였다. 생선장수의 딸 화니는 아름다운 처녀였다. 외국을 동경하여 뱃사람이 되어 떠난 애인 마리우스의 아기를 가진 화니는 동네의 부자 세자르 영감과 결혼을 한다. 레슬리 캬론, 모리스 슈발리에, 홀스트 부흐홀쯔 등 그리운 옛날 명배우들이 나오는 지중해의 동화 같은 영화였다. 영화를 본 지 50년 만에 마르세유에 왔다. 골목골목을 모두 걸어 보고 싶었지만 단체여행의 일정에 쫓겨 다음 도시로 떠날 수밖에 없었다.

아를르의 여인

아를르는 기원전 1세기 때 줄리어스 시저가 프랑스를 정복하면서 건설한 도시로 로마시대의 유적이 많이 남아 있었다. 넓은 원형 경기장과 고대 극장, 그리고 로마식 목욕탕도 있는 도시였다. 무엇보다 고흐가 파리 생활을 청산하고 빛을 찾아서 남프랑스로 와서 정착한 도시이다.

아를르에 가까이 오면서 계속 나는 비제의 조곡 ≪아를르의 여인≫에 나오는 미뉴에트를 흥얼거리고 있었다. 비제는 알퐁스 도데의 희곡 ≪아를르의 여인≫을 읽고, 그 연극을 위해 극음악을 작곡했다. 도데의 희곡에서 아를르의 여인은 한 남자가 그녀로 인해 목숨을 버리는 팜므 파탈로 나온다.

현지 가이드로 나온 아를르의 여인은 눈이 크고 긴 검은 머리를 풀어헤친 몸집이 풍성한 젊은 여자였다. 그 지방의 민속 의상인 듯 꽃무늬가 요란한 원피스를 입고 있었다. 실실 웃으면서 이야기하는 그녀를 보며 나는 동행한 친구와 "어디, 부엌에서 감자라도 깎다가 왔나봐."하며 킬킬댔다. 아녜스란 이름의 그녀는 이 도시의 옛날 모습의 그림을 들고, 가는 곳마다 꼼꼼하게 보여 주며 설명을 해 주었다.

고흐가 자주 가던 '밤의 카페'에서는 큰 그림을 들고 한참동안 서 있었다.

그 근처의 고흐가 입원해 있던 요양원 뜰에서도 그 곳을 그린 고흐의 그림을 들고 서있었다. 내가 만난 아를르의 여인은 팜므 파탈과는 거리가 먼 밝고 친절한 여인이었다. 그러나, 그

검은 머리와 커다란 눈동자가 누군가를 매혹시킬 것 같기도
했다.

부야베쓰

김화영 교수의 글에 자주 등장하는 부야베쓰는 어떤 요리
일까, 항상 궁금했었다. 그는 부야베쓰를 먹을 때 "지중해의
바닷물을 들이키는 맛"이라고 썼다.

여행 내내 식탁에 앉을 때마다 혹시나 하고 기다렸지만 그
요리는 나오지 않았다. 남프랑스 여행 마지막 날은 분수가 많
아 물방울들이 햇빛에 반사되어 아름다운 도시 엑상프로방스
에서 점심을 먹었다.

식탁에는 투박한 생선들이 놓인 접시가 있고 그 위에 소스를
부어 주었다. 나는 혹시나 하고 종업원에게 물어 보았다. 얼굴
이 까무잡잡하고 콧수염을 기른 키가 작은 젊은이는 "부야베
쓰!"라고 시원스럽게 말했다.

아, 드디어 부야베쓰를 맛보게 되었다. 내가 상상한 부야베

쓰는 오목한 스프 그릇에 맑은 토마토 국물에 흰 살 생선과 잘게 쓴 토마토나 완두콩 등 야채가 들어 있는 스프였다. 그런데 부야베쓰는 상당히 투박하고 껄쭉하다. 싸프란이 들어간 국물 색깔도 진하고 생선도 바닷장어나 메기 같은 물고기라 옛날에 어부들이 바다 위에서 먹던 잡탕 같은 것인가 보다. 그러나 맛이 깊고 풍미가 짙다. 통영에서는 생선을 말렸다가 뜨물에 된장을 조금 풀어 넣고 지져서 먹는 찌개가 있는데, 그것과 비슷한 맛이었다. 발효 음식같이 오래 된 맛, 어딘지 어부들의 땀과 선창가의 비린내와 함께 그들의 삶의 이야기가 담겨있는 듯 친숙한 맛이었다. 그리고 보면 역시 지구라는 별에서는 바다는 바다와 서로 연결되어 하나인가 보다.

프로방스의 향기로운 공기를 숨 쉬고 온 지 일 년이 지났다. 한 달 남짓 머물면서 조금씩 아껴가면서 가보았으면 좋았을 샤갈의 미술관과 세잔느의 화실 등을 스마트 폰에서 매일 꺼내어 보곤 한다. 여행을 하는 것은 먼 곳에 대한 동경 때문이다. 그것은 흘러간 시간에 대한 그리움이기도 하다.

페트라, 페트라

나는 그때 고대로 가는 길목에 서있었다. 아득한 과거의 시간으로 들어가는 입구답게 길은 좁고 붉은 사암 바위가 하늘을 향해 치솟아 있었다. 사방이 붉은 바위이고 하늘을 올려다보면 파아란 하늘은 아스라한 바위 끝에 비단결처럼 길게 펼쳐져 있을 뿐이다. 마치 먼 은하계의 낯선 행성에 도착한 듯, 숨겨져 있는 우주를 보는 것 같은 감동에 휩싸였다. 시간이 켜켜이 쌓여 있는 것 같은 거대한 바위 아래에서 사람의 존재는 참으로 왜소하고 연약해 보였다.

페트라는 그리스어로 바위라는 뜻이며 요르단의 암만에서

서남쪽으로 15km정도 떨어진 곳에 위치하고 있다. 거대한 바위에는 고대인이 만든 좁은 물길이 보이고 한두 군데 바위틈에는 딸기나무도 자라고 있었다. 바위틈의 협곡을 지나며, 알리바바의 도적에 나오는 그 절벽이 이런 곳이 아니었을까 하는 생각이 들었다. "문 열어라 참깨!" 하면 그 거대한 바위 덩이가 스르륵 열리며 그 속에 온갖 보물이 가득 들어 있을 것만 같다.

성경에는 사사기 1장 36절에 '아그랍빔 비탈의 바위'라고 언급되어 있다. 구약성경에는 히브리어로 바위라는 뜻의 셀라라고 되어 있다. 모세가 이끌던 이스라엘 백성이 애굽을 떠나 가나안으로 향하던 중에 이곳을 지나다가 왕의 허락을 못 얻어 머물지 못하고 다른 길로 둘러 갔다는 전설이 있다고 한다. 실제로 이 근처 '모세의 샘'이라는 우물에서는 지금도 맑은 물이 풍성하게 솟아나고 있었다.

이곳은 성경에 나오는 에서의 후손인 에돔 족의 영토로 나바테아 왕국이 번성하고 있었다. 유대의 분봉왕이였던 헤로데 안티파스는 이곳 나바테아의 왕 아리타스의 딸과 결혼했으나, 이복 형수인 헤로디아와 결혼하기 위해 이혼한다. 세례 요한이 이를 비판하자 헤로디아와 그 딸 살로메의 요청으로 그는 세례 요한을 죽이게 되는 것이다.

식크라고 하는 좁은 협곡을 한참 걸어 2km쯤 지났을 때에 바위 틈새로 환영처럼 알카즈네 신전이 나타났다. '알카즈네'란 보물이란 뜻이라고 한다. 그리스의 헬레니즘 양식으로 지어진 높은 기둥과 장식이 많은 입구, 바위를 파 만든 알카즈네의 정교한 건축물 앞에서는 그 웅장함과 아름다움에 숨이 멎는 듯 했다. 어떻게 사람의 힘으로 바위를 파서 저런 건축물을 지을 수 있을까, 믿어지지가 않았다. 미지의 고대인들은 신에게 가까이 가기 위해서 이 거대한 건축물들을 조각한 것일까? 아니면 신을 찬양하고, 자신들의 영원한 복락을 기원하며 저렇게 신비스러운 신전을 봉헌한 것일까?

알카즈네 신전을 보면서 사람들도 역시 경이로운 존재이구나 하는 감탄이 나온다. 하나님이 자신의 형상으로 만들었기 때문에 사람들도 지혜와 고도의 기술을 갖고 있는 것이다. 마치 햇볕을 받아 별들이 빛나듯이, 사람도 하나님의 피조물이기에 놀라운 능력을 가졌다는 생각이 들었다.

대부분의 다른 건물들도 암벽을 파서 만들어져 있었다. 로마식 경기장도 바위를 파서 만들었으며 극장, 목욕탕 등의 시설의 유적이 있었다. 거대한 바위의 한 면을 판판히 한 다음에 마치 스케치북에 스케치를 하듯이 신전의 기둥과 도움들을 선으로 음각해 놓은 미완성의 건물들도 많이 볼 수가 있었다.

그 당시에는 실크로드의 길목으로 많은 대상들의 집결지였으며 번창했던 나라였다고 한다. 그러나 지진으로 대부분의 건물들이 사라지고 지금은 잊혀진 왕국이 되었다. 1812년 스위스의 한 젊은 탐험가에 의해서 이 유적이 처음 발견되어 현재 세계 7대 고대 불가사의 유적으로 지정되어 있다고 한다. 지금은 그때의 영화도 사라지고 그 후손들은 세계 각국에서 오는 관광객들에게 낙타나 마차를 태워 주며 조잡한 기념품들을 팔고 있었다.

오래 전에 대지 미술가 크리스토의 작업을 보고 그 광대한 스케일에 충격을 받은 적이 있다. 그는 시드니만을 포장하기도 하고, 캘리포니아 계곡에다 거대한 커튼을 설치하기도 했다. 그리고 태평양의 환초 섬을 분홍색 천으로 둘레를 싸 놓기도 했다. 그의 작품은 문명사회로부터 멀리 떨어져서 신이 만든 자연을 소재로 포장도 하고 설치도 하였다. 크리스토는 "예술은 소유할 수 없으며, 자연은 영원히 보존되어야 한다."고

했다. 그의 설치 작품은 오래 영속될 수 없으므로 삶의 덧없음을 은유하고 있다.

　페트라는 신과 고대인들이 합작한 영원히 존재할 설치 작품으로 보인다. 이 작품은 후대인들에게 어떤 메시지를 전하고 있는 것일까?

　신의 침묵은 그가 만든 거대한 바위산보다 더욱 무겁고 영원할 뿐이다.

아일랜드를 떠나며

아일랜드의 더블린에서 영국의 홀리헤드 항으로 페리를 타고 떠난다. 갑판에는 수십 대의 자동차가 빽빽하게 실리고 있다. 우리를 태우고, 영국과 아일랜드를 달리던 버스도 배에 실리고, 우리는 차에서 내려 넓은 객실로 올라와 자리를 잡았다. 양쪽이 유리창으로 되어 있어 바다를 바라도 볼 수 있고, 식당도 있고, 편안한 의자가 있어 도착할 때까지의 두세 시간을 지루하지 않게 보낼 수 있다. 넓은 홀, 한 코너에서는 아이들을 위해 영화를 상영하고 있다. 복도 끝에는 기념품 가게가 있어 다양한 상품들을 팔고 있었다.

이 페리의 이름은 '조나단 스위프트'이다. 우리가 어릴 때부터 낯익은 《걸리버 여행기》를 쓴 아일랜드의 국민작가이다. 어제 들렀던, 더블린의 성패트릭성당 안에 조나단 스위프트가 묻혀 있고 그의 기념 코너가 있었다. 그의 한 평생 동반자였던 스텔라도 같이 묻혀 있었다.

하늘은 구름이 잔뜩 끼어 회색으로 가라앉아 있고, 바다는 더 진한 회색으로 파도도 없이 잔잔하게 배들을 띄우고 있었다.

다른 페리가 떠나고 우리 차례가 될 때까지 기다리면서 우리는 창문을 통해 그 배들이 떠나는 것을 구경하였다. 우리 바로 앞에 있는 배의 선체에는 '율리시즈' 라고 적혀 있다. 제임스 조이스의 소설 이름이다. 꼭대기에는 아일랜드의 상징인 세 개의 클로버가 그린색의 모형으로 꽂혀 있었다.

더블린의 중심가 오코너 가에 제임스 조이스의 동상이 서 있었다. 어마어마하게 크지도 않고, 높지도 않고, 길가에서 누군가를 기다리는 포즈로 서 있었다. 모자를 쓰고 한 손으로 지팡이를 짚고, 어딘지, 풍자적인 표정을 하고 있었다. 나는 아저씨처럼 친근한 조이스 선생과 함께 사진을 찍었다. 이 한 장의 사진을 찍기 위해서 나는 더블린을 찾아 왔던 게 아닐까 하는 생각이 들었다.

더블린 시내는 몇 년 전 IT의 발전으로 침체에서 벗어나는 듯 했지만, 경제가 활황인 것 같지는 않았다. 새로 지은 빌딩도 비어 있었고, 세를 놓는다는 광고가 군데군데 붙어 있었다. 지금 세계적인 불황기이니, 아일랜드 역시 불황의 파고를 넘기는 힘든 것 같아 보였다.

800년 동안 영국의 지배를 받다보니 고유의 켈틱어는 다 잊어버리고 주로 영어를 쓴다. 영국과는 종교적인 문제로 항상 갈등을 빚어 왔고, 끊임없는 전쟁과 반목 가운데, 봉기와 순교가 뒤따랐다. 마침내 1920년 영국으로부터 독립했지만, 북 아일랜드는 영국에게 내어 주어야 했던 슬픈 땅이다.

더블린 시내에서 영국의 유니온 잭 기를 보기는 어려웠다. 세계 각국의 깃발은 다 있고, 심지어는 동성애자들을 상징하는 무지개 깃발도 길거리나 펍 주점에 걸려 있는데 영국 기는 안 보여, 그들의 영국에 대한 철저한 반감을 느낄 수 있었다.

성패트릭성당에서 나와 그곳의 정원을 산책했다. 그때 젊지도 늙지도 않은 두 남자가 손을 잡고 걸어 들어 왔다. 그들은 벤치에 나란히 앉더니, 서로 껴안고 상대방의 머리를 만지며 애무하기 시작했다. 주위의 시선은 신경 안 쓰는 것 같았다.

참으로 우리에게는 낯선 풍경이었다. 나는 보기에 민망해서 시선을 돌렸다. 그런데 나에게 그들은 너무나 외로워 보였다. 두 외로운 영혼이 서로를 위로하는 모습으로 보였다. 그들의 표정에는 어딘지 절박하고 어두운 그림자가 스쳐 있었다. 그들은 외로워서 동성애자가 된 것일까? 사람들이 기피하는 동성애자이기 때문에 더 외로운 것일까? 한 줄기 연민이 가슴을 스쳐 갔다. 길에서도 손을 잡고 다니는 남자들, 서로 만나자마자 껴안고 키스하는 여자들도 보았다. 과연 오스카 와일드의 나라였다.

아일랜드는 약 만 년 전에 빙하기가 끝나면서 브리튼 섬으로부터 떨어져 나와 분리된 섬을 이루었다고 한다. 그러니 태생부터가 영국은 그들에게 영원한 타자(他者)일 수밖에 없다.

원주민은 게일인이라 불리는 켈트 족으로 선사시대부터 와서 살았다고 한다. 350년경 기독교가 아일랜드에 전파되었고, 아일랜드의 수호성인인 성 패트릭이 전도와 구제를 했다. 해마다 전 세계의 아일랜드인은 3월 17일에 모두 초록색 옷을 입고 성 패트릭을 기리는 축제를 연다.

초록빛 에메랄드의 섬으로 불리는 아일랜드는 그 뒤 바이 킹, 노르만족의 침략을 차례로 받고, 영국의 튜더 왕조 때부터 는 본격적인 식민지화가 시작된다. 마치 우리나라가 주위 나 라로부터 끊임없이 침략 당했듯이….

1840년에는 대 기근으로 많은 사람들이 아일랜드를 떠났다. 감자마름병으로 인하여 감자가 흉작이 되면서 일어난 기근이 었다. 더블린 시내에는 그때에 유랑하던 사람들의 모습이 실 물대의 조각으로 세워져 있었다.

그 조그만 섬나라에 세계 문학사를 풍부하게 한 많은 문학가 가 태어난 것은 경이로운 일이다. 조나단 스위프트, 오스카 와 일드, 조지 버나드 쇼, 기싱, 예이츠, 제임스 조이스 그리고 사무엘 베케트 등이 아일랜드 태생이다.

"흰 나방 날갯짓 하고,

나방 같은 별들 멀리서 반짝이는"(예이츠) 곳.

웅크린 태아 같은 모습을 한 아일랜드! 어딘지 먼 전생의 혈연인 듯 마음이 끌리는 나라이다.

'율리시즈'호는 천천히 방향을 바꾸어 먼 바다로 항해를 떠났다. 우리가 탄 '조나단 스위프트'호도 서서히 움직이기 시작했다. 아일랜드를 떠난 수많은 사람들처럼 우리도 그렇게 아일랜드를 떠났다.

마치 짧은 풋사랑 연인을 두고 떠나는 무심한 사람처럼….

슈바빙의 밤

슈바빙의 거리에 그녀는 없었다. 그녀의 그림자도 없었다.

열흘간의 독일 여행이 거의 끝나갈 무렵, 우리는 뮌헨에 도착했다.

뮌헨의 밤거리는 다른 대 도시와 다르지 않았다. 레오폴드 가에는 운동시합이 끝났는지 지하철 입구로부터 한 무리의 청년들이 쏟아져 나오고 있었고, 맥도날드나 전자제품 등의 가게에는 네온사인이 휘황했다.

1955년 그녀가 뮌헨에 도착했던 때의 "레몬 빛 가로등과 안개"는 찾을 수가 없었다. 슈바빙의 그녀가 살던 집은 우중충했다고 했으나 지금은 외관이 깨끗하게 페인트칠이 되어 있었다. 그곳에서 그녀는 아기를 낳았고, 번역과 육아로 몸과 정신을 혹사했다. 일상적인 인습에서 벗어나, 정신적인 것을 추구하며, 먼 곳을 꿈꾸던 그녀는 예술가들이 많이 살던 슈바빙의 자유로운 분위기에 침윤되어 갔다. 4년 후 한국에 돌아와서도 그녀는 늘 이곳을 그리워했다.

뮌헨의 몽마르트라는 슈바빙의 거리는 여느 카페 골목과 다른 점은 별로 없었다. 그러나, 한 사진 스튜디오의 윈도우에서 누드의 가족사진을 보았을 때, 역시 슈바빙이군! 하는 생각이 들었다. 사진은 아기와 부부인 듯 한 젊은 남녀가 모두 발가벗고 자연스럽게 포즈를 취하고 있었는데, 충격적이면서 참으로 신선하고 아름다웠다.

그녀가 자주 갔었다는 영국 공원에 갔다. 그러나 날이 이미 어두워져서 물가에서 노는 오리 가족들만 볼 수 있었다. 그곳의 한 벤치에 앉아 그녀는 외로움을 반추하며, 멀리 있는 고향을 그리워했으리라.

그녀가 자주 들렀다는 제로오제(Seerose 수련) 카페는 레몬색 간판 등이 그녀가 살던 때의 가스등을 떠 올리게 했다. 그녀는 그곳에서 카페올레를 마시고 싼 점심을 먹었다고 했다. 우리는 계속 맥주를 마셨다. 나는 여행의 피로와 맥주에 취해 꾸뻑꾸뻑 졸고 있었다. 마치 50년 전의 제에로제 카페에 앉아 있는 듯 친구들의 말소리가 꿈속에서처럼 가물가물 들려 왔다.

대학생 때에 먼발치에서 그녀를 볼 때가 있었다. 그녀는 법대에 강의를 하러 왔다가 문리대에 있는 여학생 휴게실에 가끔 들르곤 했다. 검정 옷에다 검정 수건을 쓴 키가 자그마한 그녀를 나는 멀리서 지켜보곤 했다.

이번 여행의 목적지의 하나가 바로 뮌헨이었다. 뮌헨은 한 송이 바이올렛처럼 순수하고, 섬광 같은 에스프리로 자신의 내면세계를 표출했던, 그녀가 그리워했던 곳이다. 그녀는 순간순간 깨어 있고 인식욕에 사로 잡혀 살기를 원했다. 그녀는 31년이라는 짧은 생을 문학의 제단에 바쳤다.

그녀로 인해 젊은 시절부터 동경하던 뮌헨을 이제야 올 수 있었다니, 지금 나는 너무 늙어 버렸어, 이제는 그녀를 떠나보내야 하리.

나는 몽유병에 걸린 노파처럼 중얼거리며, 호텔을 향하여 휘청거리며 걷고 있었다.

슈바빙에 그녀는 없었다. 그러나 캐서린의 혼이 '폭풍의 언덕'을 맴돌고 있듯이 그녀의 혼은 슈바빙의 거리에 떠돌고 있었다.

파노라마

네덜란드 여행 이틀째 우리는 헤이그를 방문하였다.

모리스휘스 박물관에서 페르미어의 신비에 싸인 그림, '진주 귀걸이를 한 소녀'를 만났다.

그 그림 아래에는 〈푸른 두건을 쓴 여자〉라는 제목이 붙어 있었다. 많은 사람들이 그 그림 앞에서 떠날 줄 모르고 서성대고 있었다. 소녀는 투명한 피부색에다. 물기를 머금은 듯 붉은 입술로 금방 액자로부터 걸어 나올 듯이 생생하게 그려져 있다. 맑은 눈동자와 간청하는 듯 애틋한 눈길이 보는 사람의 가슴을 떨리게 하였다. 그녀는 신비의 베일에 싸인 채, 관람객들에게 무언가를 호소하고 있었다. '진주 귀걸이를 한 소녀'를 주인공으로 한 소설과 영화가 나올 만큼 예술가의 영감을 자극하는 그림이었다.

남은 시간에 우리는 헨드릭 W. 메스다흐가 그린 그림을 보기 위해 조그만 미술관으로 이동하였다. 미술관은 세로 15미터, 가로 120미터의 세계에서 제일 큰 한 장의 그림을 걸기 위해 지은 건물이었다. 일층에는 기념품을 파는 곳이 있고, 메스다흐가 그린 바다 풍경들이 그려진 액자들이 벽에 걸려 있었다.

계단을 따라 이층으로 올라가니 바로 바다가 펼쳐져 있었다. 우리는 모래 언덕의 전망대에서 멀리 보이는 바다와 어촌들을 마주하게 된 것이다. 사방을 둘러보니 우리는 바다에 둘러 싸여 있었다. 그러나 그건 360도의 둥근 파노라마 모양으로 그려진 바닷가 마을 풍경 그림이었다. 그 그림은 전율을 일으킬 만큼 사실적이었다. 나는 충격에 휩싸여 그 풍경 앞에서 몽롱한 기분이 되어 갔다.

화가는 1880년대의 네덜란드 북부에 있는 스헤베닝겐의 바닷가 마을 사람들의 일상을 생생하게 그렸다. 마을 집들과 골목들이 있고 해안에는 고깃배들이 정박해 있었다. 우리들이 서 있는 전망대 아래에는 사실감을 주기 위해 실제 모래 언덕도 만들어 놓았다. 어디선가 후텁지근한 여름 기운이 느껴지고 한 줄기 시원한 바닷바람도 불어오는 것 같았다

모든 것이 너무나 사실적으로 그려져 있어 나는 그것이 그림인 것도 잊고 풍경 속으로 빠져 들어 갔다. 전망대의 난간을 넘어 모래 언덕을 지나 그 바닷가 마을로 걸어 들어가고 싶은 마음을 억제하기 어려웠다.

멀리 아득한 수평선이 보이고 하늘에는 구름이 떠다니고 있었다. 해안가에는 파도가 몰려오고 있었고, 가까운 모래 언덕에는 바닷바람에 억세어진 풀들도 듬성듬성 나 있었다.

실제의 바다보다 더 바다 같은 풍경이었다. 삶에서 극한의 고통을 겪고 난 사람이 동경하는 바다, 아니면 불치병의 선고를 받고 마지막 여행으로 택한 무한으로 열려 있는 그런 바다였다. 영화 ≪쇼생크의 탈출≫에서 억울한 누명을 쓰고 감옥에 갇혔던 앤디가 탈옥한 후에 안식처로 택한 바다….

바다란 생의 벼랑에 몰려 더 이상 갈 곳이 없는 사람들이 마지막으로 찾는 곳이기도 하다. 페루의 바닷가에 있는 한 카

폐가 생각났다. 그 바닷가에는 수천 마리의 새들이 날아와서 죽어 그 시체들이 모래사장에 쌓여 있다. 그곳에서 카페를 하는 마흔일곱 살의 남자도 고독한 삶을 그 바닷가에서 끝낸다. 인간이란 역시 고독한 존재이고, 바다를 마주 할 때 그 고독감은 더 극대화되는지도 모른다.

≪새들은 페루에 가서 죽는다≫를 쓴 프랑스의 작가 로맹가리는 작가로서의 절정기가 지나고 그의 글들이 더 이상 독자들의 시선을 끌지 못하자 에밀 아자르란 필명으로 소설을 쓴다.

신예 아자르의 책들은 점점 인기를 끌고 그의 소설 ≪자기 앞의 생≫은 꽁꾸르상을 받게 된다. 아자르의 작품이 점점 인기를 얻어 가는데 비해 로맹가리는 점점 독자와 멀어지고 그는 늙어감을 두려워하며 우울증에 시달린다. 1980년 12월 2일 그는 권총을 입에 물고 방아쇠를 당겨 자살한다. 그가 죽은 후에 모든 진실이 밝혀진다.

그는 완벽하게 사람들을 속였다. 그는 그의 인생 자체를 통째로 소설화했다. 그는 텍스트 상의 활자로 쓰여진 주인공이 아닌 숨쉬고, 절망하고, 피투성이가 되는 주인공이 된 것이다.

그의 인생은 어머니 니나의 헌신적 사랑, 7년 연상의 첫 부인과 자살로 생을 마감한 둘째 부인인 여배우 진 세버그와의 사랑이 있는가 하면 명예의 부침, 절망, 갈등 등이 한 폭의 파노라마 그림으로 그려져 있을 것이다. 그의 인생은 소설보다 더 극적이다.

예술이란 속임수가 아닐까? 마술가들이 빈손에서 비둘기를 날려 보내고, 빈 유리병에서 장미꽃을 피우며 관객의 눈을 속이듯이….

로맹가리의 작품 가운데에 이런 말이 나온다.

"들키지 않는 것, 그것은 위대한 예술이다."

우리는 예술가들에 의해 환상과 착시 속에서 꿈을 꾸는지도 모른다.

바닷가 모래 언덕에서 보낸 시간이 얼마나 되었을까. 한 이삼십 분의 시간이지만 거의 한 나절을 소금기 섞인 바다의 향기에 젖었던 것 같았다.

나는 가슴에 바다를 한 아름 안고 네덜란드 식의 가파른 나무 계단을 천천히 내려왔다.

제 4 부

부재에 대하여

우리의 눈에 보이지는 않지만

이 세상을 움직이는 질서는 분명히 있을 것이다.

단지 너무나 거대해서 사람의 오감으로는 감지되지 않을 뿐이다.

마치 우리가 지구의 자전을 느끼지 못하는 것처럼,

우리 삶의 구석구석을 살피는,

그 빛나는 부재가 우리를 구원한다.

— 본문 중에서

세 살의 천사

아일란 쿠르디, 빨간 티셔츠에 감색 반바지를 입고 그 아이는 바닷가 모래사장에 엎드린 자세로 발견되었다. 시리아 난민의 아이로 다섯 살짜리 형의 시신은 약 100미터 떨어진 곳에서 그 어머니도 그와 멀지 않은 곳에서 발견되었다.

오랫동안 계속된 내전과 IS의 폭격으로 중동에서는 많은 사람들이 목숨을 걸고 유럽으로 탈출하고 있다. 배를 타고 지중해를 건너면서 배가 뒤집히고 전복되어 바닷물에 빠져 죽는 사람들도 나날이 늘어 간다. 아일란도 부모를 따라 아무 영문도 모르고 배를 탔을 것이다. 보호 장비 하나 없이 낡은 배에 정원이 넘도록 타고 떠났을 것이다.

세 살이면 어떤 나이인가 어린아이의 대명사이다. 이제 이빨도 다 나서 음식도 먹을 수 있고 말을 배우기 시작해서 가족과 소통도 된다. 그를 둘러 싼 세계가 어떤 곳인지 조금씩 깨닫기도 하는 나이, 모든 것이 경이롭고 신기한 것으로 인식되는 시기이다. 아일란은 가난한 나라에서 태어났지만 그의 출생은 온 가족에게는 기쁨이었고 많은 사람들의 축복을 받았을 것이다.

……

아가야,

너 어느 먼 별에서 찾아 왔느냐

넓은 지구 하고 많은 나라

모두 다 뿌리치고

가난한 엄마 아빠 찾아

이곳에 왔느냐.

……

아가야 우리 동이야.

어둠 속을 헤치고 왔느냐

빛을 타고 왔느냐

네가 울며 태어 날 때
우리는 손뼉 치며 웃었단다. ······
― 이어령의 〈탄생시〉에서

아일란의 사진이 공개되자 유럽 국가들은 시리아 난민들에게 입국을 개방하고 독일은 2만여 명 프랑스는 1만2천여 명의 난민들을 받아들이기로 했다고 한다.

시리아에서는 5년째 이어지는 내전에 국민들이 살 터전을 잃고 유럽으로 살길을 찾아 떠난다, 그리고 급진적인 수니파인 무슬림 단체 IS들이 들어와 시리아는 사람들이 살 수 없게 폭력으로 황폐해갔다. 이를 틈타 불법 이민 브로커들은 안전이 보장되지 않은 보트로 난민과 선원들을 실은 뒤 위험한 상태가 되면 선원들은 모두 도망가 버리고 난민들은 해안 경비대가 구조하러 올 때까지 기다려야 된다고 한다. 이 과정에서 배가 전복되기도 하고 수많은 난민들이 바다에 빠져 목숨을 잃는다.

쿠르디 가족도 부모와 두 어린 아들과 함께 배를 탔지만 배가 뒤집혀 모두 죽고 아버지만 살아남았다. 아버지는 이런 불법 브로커가 없어져야 한다고 절규했다. 그리고 아일란이 "아버지는 꼭 살라."고 말했다며 울음을 터뜨렸다.

어린 아이들은 전쟁의 참상을 잘 못 느낀다.

아일란은 부모들이 배를 타고 다른 나라로 간다고 하니까 다섯 살짜리 형과 함께 소풍이라도 가듯 신나 했을 것이다. 그 가족의 소박한 꿈– 두 아이를 데리고 단지 전쟁이 없는 나라에 가서 살려고 했던, 그 꿈은 차디찬 지중해 바다에 가라앉고 젊은 엄마도 아이들과 함께 파도에 떠밀리고 말았다.

아이들은 우리의 미래이다. 아일란이 살았다면 세월이 가면서 열 살짜리 소년이 되고, 키가 크고 생각도 깊어지며 스무 살의 청년도 될 것이다. 헌헌장부가 되어 사랑의 기쁨도 알고, 가정을 이루며 삶의 아름다움을 깨달으며 살아갈 텐데….

귄터 그라스의 소설 ≪양철북≫에는 오스카란 아이가 나온다. 그는 세 살 되는 생일 날, 높은 곳에서 떨어져 스스로 성장을 멈추고 양철북을 두드리며 살아간다. 그는 난쟁이로 살면서 정신적으로는 어른이지만 신체적으로는 세 살짜리 소년의 키로 머문 채 살아간다. 오스카는 어른들의 위선과 추악함에 저항해서 스스로 자라기를 멈춘 것이다. 그 소설의 밑그림에는 독일의 나치시대라는 인류의 지울 수 없는 죄악의 그림자가 깔려 있다. 나치 시절에 군인을 지낸 적이 있는 작가는 소설을 통해서 유령처럼 그를 휘감고 있는 전쟁의 기억과 죄의식에서 벗어나고 싶었는지도 모른다.

오스카가 난쟁이로 남으면서 세상의 부조리와 맞섰다면 아일란은 죽음을 통해 이 세상 사람들에게 양심의 북소리를 울렸다. 난민들의 행렬은 새로운 형태의 전쟁이 일어날 것 같은 두려움을 준다. 황폐해 가는 지구행성에서 점점 심해져 가는 인간의 이기주의와 폭력이 어떻게 도발될지는 아무도 모른다. 우리나라도 전쟁으로 인해 살 곳을 찾아 수천 리를 걸어 내려온 아픔을 겪었었다. 인간으로서 당장 유지할 음식과 잠자리, 그리고 전쟁의 공포에서 벗어날 최소한의 자유는 있지 않을까.

바닷가의 천사, 아일란 쿠르디!

쿠르디로 인해 세계인들은 자신들의 양심을 돌아 볼 수 있었다.

"어린이는 어른의 아버지"라고 시인은 말했다.

2193원

며칠 전, 내 통장에 2,193원이 입금되었다. 누가 보냈는지 알아보았더니, 오래 전에 쓴 나의 수필 〈침대에 관한 명상〉의 일부가 고등학교 문학교과서에 실렸는데, 그 저작료라고 한다.

커피 한 잔 값도 안 되는 돈! 아무리 나의 글들이 허름하다고 하더라도, 글값이 그렇게 싸다니 어이가 없기도 하고, 혹시 남이 알까봐 창피스러운 마음이 들었다.

그 교과서를 보지 못했으니, 얼마나 인용이 되었는지는 모르겠으나 씁쓸한 기분은 오래 갔다. 내 글의 가치가 동전 몇 개밖에 안 되다니 차라리 그 돈을 되돌려 줄 것을 하는 생각까지 들었다.

나는 마치 거리의 예술가가 된 것 같았다. 언젠가 유럽 여행에서 본 거리의 음악가와 집시들이 생각났다. 길모퉁이에서 모자를 앞에 놓고 바이올린을 켜던 거리의 예술가, 그 모자 안에는 지나가던 사람들이 던져 넣은 동전 몇 개가 있었다.

몇 년 전 동유럽에 갔을 때에, 광장에는 긴 옷을 입고 머리에 터번을 쓴 집시가 공중부양을 하는 것처럼 허공에 떠 있었다. 무언지 속임수는 분명한데, 그 장치를 찾아낼 수 없었다. 그는 묘한 미소를 띠우며, 모자 속에 동전이 던져지기를 기다리고 있었다. 아마 그들과 한패인 그 누군가는 구경에 정신 빠진 청중들에게서 돈을 훔치고 있었을 것이다. 집도 없이 이리저리 떼를 지어 다니며, 남의 눈을 속이고, 동전을 구걸하며 삶을 영위하는 그들….

얼마 전에 한 여성문학인이 굶주려 죽었다는 신문 기사를 읽었다. 내가 알고 있는 문인들은 대부분이 다른 직업을 가지고 있다. 글만 써서는 생활이 안 되기 때문이다.

체육인이나 탤런트들, 영화배우들의 출연료나 광고를 보면 정말 굉장하다. 글 쓰는 사람들 가운데도 유명한 작가들은 엄청난 인세나 상금을 받기도 한다.

글을 쓰는 일이 누가 시키지도 않았는데 제가 좋아서 하는 일이고, 글의 주제(主題)나 제재(題材)도 돈을 주고 산 것이 아니니까. 얼마를 받든지 할 말이 없을 수도 있겠다. 그리고 정신적인 작업에 종사하면서 원고료를 가지고 운운하다니 작가로서의 고상한 품위가 떨어진다고 비난 받을지도 모른다.

2,193원으로 무엇을 할 수 있을까? 콩나물 한 봉지, 두부 한 모, 볼펜 한 자루, 혹은 버스의 편도 요금….

시 한 편에 삼만 원이면/ 너무 박하다 싶다가도/ 쌀이 두 말인데 생각하면/ 금방 마음이 따뜻한 밥이 되네/ … (함민복의 시에서)

어쨌든 작품이 일단 발표되면 그것은 작가의 소유가 아니다. 활이 화살에서 날아가듯이 작품은 작가를 떠나 그 작품의 운명대로 된다. 때로는 나무에 꽂혀서 오랜 뒤에야 누군가에게 발견되기도 하고, 더러는 풀섶에 떨어져 아무도 눈 여겨 보지 않은 채 소멸되기도 한다.

누군가 글을 써서 독자가 읽으면 그 글은 하나의 풍문이 된다. 그 글을 읽은 사람은 그 작가의 언어에 전염이 되어 마치 전염병처럼 사람들 사이에 퍼진다. 아마 진시황 같은 폭군은 그 전염성과 중독성을 알기에 미리 책이란 책은 다 불살라 버렸을 것이다. 다행히 좋은 시대에 태어나, 내 책이 불 태워지지도 않고 얼마간이라도 글값이라고 지불 받는 것은 대단한 축복인지도 모른다. 나는 그 시혜에 감읍해야 할 것이다.

사실 글을 쓴다는 불온한 인종들은 오늘 같은 경쟁이 심한 산업사회에서는 도태되어야 될 존재인지도 모른다. 지금이 어떤 시대인데, 그들은 농경시대의 느림을 예찬하고, 수공예와 결핍의 추억을 보물처럼 간직하고, 아날로그적인 사고방식을 예찬한다.

'꼴찌에게 박수를' 보내는가 하면, 시멘트 틈 사이에 핀 풀꽃을 보고 호들갑을 떨기도 한다. 정작 갈채를 보내야 할 현대의 휘황찬란한 문명에 대해서는 어딘지 삐딱한 시선을 가지고 있다. 점점 높아지는 도시의 마천루들과 눈 깜짝할 사이에 지구촌 전체에 퍼지는 속도 경쟁에 대해서도 마뜩찮은 표정들이다. 이 게으른 작자들은 애꿎은 커피만 마시면서 잠도 안자고 전기

료만 축내곤 한다.

혜민 스님은, 자신의 가치 결정권을 다른 사람에게 주지 말라고 했다. 그리고 신성한 나의 가치를 후하게 하라고 했다. 누구처럼 살아야 된다고 생각하지 말고, 각자가 가지고 있는 색깔과 향기를 발현하라고 했다.

나도 스님의 말씀대로 나의 가치가 겨우 2,193원밖에 안 되나 싶어 슬퍼할 필요는 없을 것 같다.

잔인한 이야기

모든 동화가 다 선하고 아름다운 이야기만 있는 것은 아니다. 때로는 잔인한 동화도 있다. 〈피리 부는 사나이〉라는 제목의 동화는 지금 자라나는 아이들도 읽고 있을 독일 동화이다.

옛날 어느 마을에 쥐가 너무 많아서 사람들이 골머리를 앓고 있었다. 그래서 시장은 공고를 낸다. 쥐를 모두 없애는 사람에게는 천 냥을 주겠다고. 얼마 후 허름한 옷을 입은 어떤 낯선 사람이 시장을 찾아 왔다. 자기가 쥐를 없애 줄 테니 돈을 주겠느냐고. 그래서 시장은 그렇게 하겠다고 약속을 했다.

그 사람은 품속에서 피리를 하나 꺼내어 골목골목 다니며 불기 시작했다. 그러자 집안에 숨어 있던 쥐들이 모두 따라 나왔다. 그는 쥐들을 강가로 인도하였고 쥐들은 모두 물에 빠져 죽었다. 그 피리 부는 사나이는 시장에게 약속한 돈을 달라고 하였다. 시장은 마음이 변하여 그에게 동전 한 잎만 던져주며 더 이상 줄 수 없다고 하였다. 그 사내는 화를 내며 나중에 크게 후회할 일이 일어날 거라고 말했다. 그러면서 다시 피리를 꺼내어 불기 시작했다. 그러자 집집마다 아이들이 나와서 그를 따라 가기 시작했다. 부모들이 말려도 소용이 없었다. 피리 부는 사나이는 아이들을 데리고 유유히 물속으로 들어가고 말았다.

이 이야기는 독일에서 실제로 일어난 적이 있는 사건을 그림 형제가 동화로 만들었다고 한다. 중세시대 독일의 하멜른이란 마을에서 1284년 6월 26일, 130명의 어린이들이 사라졌다고 한다. 그 사건은 추측을 낳게 하고 전설이 되어 동화로 다시 탄생하게 되었다. 그때는 십자군 전쟁 중이라 소년병을 강제로 모집하여 집집마다 아이들을 하루아침에 잃게 되어, 그 사실을 동화로 각색하여 만든 것일 거라는 추측도 있다. 지금도 하멜른의 골목에서는 그 아이들을 애도해서 노래를 하거나 악기를 불어서는 안 된다고 한다.

그로부터 약 700년 후 대한민국이라는 나라에서도 이와같이 잔인한 사건이 일어났다. 2014년 4월 16일, 300명 가까운 아이들이 바닷물 속에 갇혀 죽어 갔다. 배가 기울고 물이 들어오자 그들은 나가야 될까 하고 우왕좌왕하였다. 그러나 "가만히 있으라."는 방송을 그대로 믿고 그들은 물속으로 잠겨 갔다.

물이 차오르고 숨을 쉴 수가 없게 되자 그들은 손톱이 다 갈라지도록 문을 열려고 발버둥 쳤지만 소용없었다. 그들은 배와 함께 깊은 바다 속으로 점점 가라앉아 갔다.

나는 이런 현실감이 없는 사건을 보면서 왜 〈피리 부는 사나이〉라는 동화가 생각났는지 모른다. 가끔 믿을 수 없는 현상을 보면, 현실이 동화나 전설과 다르지 않다는 생각이 든다.

우리들 눈에 보이지 않는 '피리 부는 사나이'는 어른들의 그 이기심과 극에 달한 황금 숭배사상에 노하여 그 애잔한 아이들을, 그 꽃송이들을 깊은 바다에 묻고 말았다.

슬픔도 오래되면 전설이나 동화가 되어 후대의 사람들에게 불리운다.

진도 바닷물에 생을 묻은 아이들의 혼을 위해 이제 진도에서는 새로운 가사의 아리랑이 탄생하지 않을까?

'그들의 눈은 진주가 되고 그들의 뼈는 산호가 되어' 바다에 스며들고 바다는 또 하나의 슬픈 전설을 안고 출렁이리라.

부재에 대하여

여름이 지난 바닷가 모래사장에는 산책했던 사람들의 발자국들만 어지러이 남아 있다. 가끔 갈매기들이 날아와 앉아 부리를 비비곤 날아간다. 지난여름 비치파라솔들이 빽빽이 들어섰던 해안가와는 사뭇 다른 풍경이다. 태양과 함께 인간들의 욕망으로 뜨겁게 달구어졌던 바닷가는 이제는 제 본래의 모습을 되찾고 있다. 가을을 재촉하는 가랑비가 내리는 바다 위로 회색 빛 하늘이 낮게 내려앉아 있다.

한 편의 영화가 끝나고 스크린이 하얗게 변하는 순간, 또는 책의 맨 마지막 페이지의 여백 같은 그런 풍경이다. 그 빈자리에다 내 마음의 어지러운 그림을……. 헛된 것을 쌓아 올리기 위해 몸과 마음을 소진한 사람에게는 바다처럼 좋은 위안처는 없다. 확 트인 시야와 밀려오는 파도는 비어 있는 아름다움으로 가슴을 채워준다. 삶의 막다른 골목에서 절망에 빠져 있는 사람이라면 이 바닷가에서 다시 일어설 희망을 가질 수 있지 않을까? 끊임없이 모래톱을 치며 물러갔다 돌아오는 바닷물의 율동 앞에 서면 살아 있음이 가슴 벅차게 느껴진다.

얼마 전에 한 젊은 연예인이 스스로 목숨을 끊었다. 영정 속에서 웃고 있던 그녀의 앳된 얼굴이 떠오른다. 이제는 한 줌의 재가 되고 그녀의 부재는 많은 사람들의 가슴에 멍으로 남아 있다. 대중들의 인기라는 신기루에 인생을 걸고 외줄타기를 하던 그녀는 소리 없는 총을 맞고 추락하고 말았다. 아무 책임감 없이 내뱉는 말들이 독이 되어 한 사람의 인생을 파멸시킨 것이다. 대중매체인 TV 탤런트인 그녀가 현대의 소통 수단인 인터넷의 악플로 인해 목숨을 버렸다는 사실은 의미심장하다. 그녀는 현대의 첨단문명의 제물이 된 것이다. 그녀는 자신을 옥죄이는 TV나 컴퓨터란 감옥에서 벗어나 푸른 하늘을 향해 끝없이 날아오르고 싶었을 것이다. 그녀는 죽음으로써 영원에 이르고 싶었던 것이다.

이 세상에 영원한 것은 없다. 모든 현존하는 것들은 서서히 부재를 향하여 나아간다. 눈에 보이든 안 보이든 존재하는 모든 것들은 조금씩 낡아가고 줄어들고 무너져 내린다. 시간이란 어쩌면 보이지 않는 거대한 맷돌이 아닐까. 멈추지 않고 쉬지 않고 돌고 돌며 때로는 잔인하게 때로는 정직하게 자기의 소임을 충실하게 다할 뿐이다. 인간이 이룩한 문명들, 우리를 압도하는 고층 건물들도 흐르는 시간 앞에서는 무력하다.

자연만이 시간을 초월할 수 있다. 우리가 자연 앞에 경외감을 가지는 것은 변하지 않는 그 항구적인 모습 때문일 것이다. 물론 엄밀히 말하면 자연도 알게 모르게 변하고 있다. 몇 만년 전의 바다 속이 융기하여 산이 되기도 하고 강 하구의 모래가 쌓여 지형이 바뀌기도 한다. 큰 홍수가 나서 지형이 바뀌는 경우도 있다. 그러나 사람의 손길이 닿지 않으면 자연은 대체로 그 모습을 유지하고 있다.

눈에 익숙하게 항상 그 자리에 있던 사물이 어느 날 갑자기 사라진다면 우리는 심히 당황하고 그 부재는 통증을 동반한다. 서울 시내 한복판에 서 있던 남대문이 하루아침에 불타버렸다. 불타오르는 남대문을 보며 쓰라린 마음으로 분노하였다. 언제까지 거기 있을 줄 알았는데 재만 남은 그 처참한 모습은 너무나 충격적이었다. 남대문은 이제 우리의 기억 속에만 존재하게 되었다. 인간의 이기심과 폭력성은 끝이 없는 것 같다.

자연 속에서 우리는 문명에 찌든 우리의 정서를 정화시킬 수 있다. 여행지에서 소나기가 그치고 햇살이 비치기 시작하면서 호수 위에 떠오르던 무지개, 그 짧은 순간의 황홀한 만남을 잊을 수 없다. 안개 속으로 하나씩 사라져가던 섬들은 마치 저 세상으로 떠나는 영혼의 모습처럼 슬프도록 아름다웠다.

바닷가에서 우리가 위안을 받는 것은 더 이상 버릴 것이 없는 벌거벗은 자신의 영혼을 마주할 수 있기 때문이 아닐까. 우리들이 가치를 두는 인간관계나 물질은 물결에 휩쓸려 사라지는 모래성처럼 허망한 것이라는 깨달음을 얻는다. 사람과 사람 사이의 신뢰는 거미줄처럼 가늘고 찢어지기 쉬운 것이다. 가까운 사이라고 생각했던 사람들과의 어긋남은 과일 속의 씨처럼 처음부터 배태되어 있었는지도 모른다.

우리의 삶은 판독하기 어려운 암호로 가득 찬 지도와도 같다. 바닥을 알 수 없는 깊은 심연이 곳곳에 숨겨져 있음을 알아

차리기에는 그녀가 너무 젊었던 것일까.

우리에게 주어진 삶은 어떻게 해서라도 견뎌내어야만 하는 것을……

우리의 눈에 보이지는 않지만 이 세상을 움직이는 질서는 분명히 있을 것이다. 단지 너무나 거대해서 사람의 오감으로는 감지되지 않을 뿐이다. 마치 우리가 지구의 자전을 느끼지 못하는 것처럼, 우리 삶의 구석구석을 살피는, 그 빛나는 부재가 우리를 구원한다.

우리말의 아름다움

다시 새해가 밝았다.

새로운 해를 맞이했다고 해서 이전의 삶과 달라진 것은 없지만, 지난날을 돌아보고 다시 한 번 새로운 계획을 세우고 결심을 하는 계기가 되니 설날의 햇살은 신성하다. 어둠과 밝음이 반복되며 하루를 부여 받는 우리는 충실히 살아야 할 의무가 있을 뿐이다. 생명이란 고귀한 선물을 받았으므로….

올해에도 많은 수필가들로부터 좋은 작품이 나오기를 바란다. 작가는 현실의 모순과 혼란을 문학을 통해 질서를 찾으려고 한다. 아무도 가지 않은 길을 홀로 가며 글을 쓰는 고통을 운명처럼 짊어지고 산다. 그리고 한 편의 작품을 완성하면서 자신이 이룬 정신의 넓이와 깊이에 스스로 환희하며 그 힘으로 다시 펜을 든다.

문단에서의 수필분야의 위상이나 홀대에 대해 서운히 여기기에 앞서 우리가 과연 수필가의 이름에 걸맞게 한 편 한 편의 창작에 땀을 흘리며 고민을 했는지, 옷깃을 여미며 뉘우칠 일이다. 시가 너무 쉽게 써짐을 한탄한 윤동주의 부끄러움을 배웠으면 한다.

수필가들이 기존의 수필관에 너무 얽매이지 말고 자신만의 개성과 색깔로 글을 쓰기를 바란다. 수필은 여기(餘技)의 문학, 선비의 문학, 관조의 문학 등등의 고정 관념에서 벗어나서 세상에 대해 신선한 시각을 가졌으면 좋겠다. 소재에 대한 보다 다양한 접근과 해석으로 자기만의 생생한 목소리를 내기 바란다.

작가들은 미지의 세계에 한 발 한 발 내디디며 도전해야 한다. 날카롭게 인식하고 사유하며 빠르게 변하고 있는 세상에 대해 밝은 눈을 가지기 바란다. 요즈음 수필계에도 유능한 젊은 신인들이 배출되고 보다 다양한 삶의 모습들을 풀어 놓는 것을 볼 수 있다. 전문직을 가진 작가들의 깊이 있는 천착도 눈에 띄니 수필계의 앞날이 알게 모르게 조금씩 진화한다고 믿고 싶다.

그리고 글을 쓸 때에 우리말의 그윽한 아름다움을 전달할 수 있기를 바란다.

요즈음에는 비속어가 난무하고, 인터넷의 사용으로 이상한 줄임말이 버젓이 통용되고 있다. 또한 영어 교육의 광풍으로 어린 아이들이 우리말을 배우기도 전에 영어 공부부터 한다고 하니 우리말의 장래가 어떻게 될지 염려스럽기만 하다.

얼마 전에 어느 대학의 주차장에 출입문 대신에 '나들문'이라고 씌어 있다는 말을 들었다. 얼마나 아름다운 이름인가!

아일랜드의 극작가 싱은 섬사람들과 함께 살면서 아름다운 토착어를 발굴하였다. 우리의 시인 백석도 그의 시에 북녘 산골의 토착어를 사용하여 주옥같은 시를 써 내었다.

지금은 눈이 돌아갈 정도로 빨리 변화하는 디지털시대이다. 농경시대의 느린 여유와 사람들이 어울려 살던 웅숭깊은 맛이 담긴 토착어를 발굴해 놓지 않으면 모두 사라지고 말 것이다. 지금 문자로 기록해야 후대에 전승이 된다.

작가는 금싸라기를 찾듯이 숨어 있는 우리말을 찾아내어 닦을 의무가 있다.

그나마 꽃이름에는 우리 고유의 아름다움이 많이 남아 있음은 다행한 일이다.

쑥부쟁이, 맨드라미, 달개비꽃… 등등.

올 여름에 처음 본 어리연꽃의 그 소박한 아름다움을 어찌 잊을까. 이름과 모습이 꼭 맞아 떨어지는….

다행히도 요즈음 아기들의 이름을 순우리말로 짓는 경우가 많아 듣기에 흐뭇할 때가 많다. 보람이, 샘물, 맑음이, 단비 등.

올해는 나 자신부터 아름다운 우리말을 찾아내고 잘 닦아서 빛내고 싶다.

윤슬, 저물녘. 어스름, 마중물, 고즈넉하다 등.

제 5 부

천진한 아이들의
마을

하늘에는 해가 떠있고

새들이 줄지어 날아간다.

그는 소와 돼지, 강아지와 닭도 즐겨 그렸다. 그리고

그림 속에는 어린아이들이 놀고 있다.

지극히 절제되고 생략된 그 조그만 그림들을 보면,

경쟁이 심하고, 포장된 도시를 벗어나 흙 냄새나는

어릴 때의 고향으로 돌아간 듯,

마음이 평온해진다.

– 본문 중에서

물방울의 영원성

연한 갈색의 마대 위에는 물방울이 가득하다. 빛을 받아 영롱하고 그 그림자 또한 희미하게 남아 있다. 그 신비스러운 그림은 보는 사람에게 현실과 환상의 경계를 잊게 한다.

김창열(金昌烈) 화백 그는 50년 가까이 물방울만 그리고 있다. 처음에는 캔버스에 그렸으나, 그 이후에는 마대에 그리고 있다. 때로는 압축시킨 모래나 낙엽 위에도 그린다.

그가 그린 물방울은 풀 위에 맺힌 이슬방울 같기도 하고 창문에 스치는 빗방울 같기도 하다. 금방 사라지는 물방울이 그의 그림에서는 시간을 초월하는 물성을 얻는다. 모래 위에 그린 그림은 물과 모래라는 길항하는 질료가 만나서 이루는 긴장성, 그 후에 서로 스며들고 시간이 흐르면서 흔적을 남기는, 조화와 소통의 메시지를 주기도 한다. 지극히 현대적인 매체로 그린 그의 추상화의 바탕에는 동양정신이 숨 쉬고 있음을 느낀다.

그는 왜 몇십 년 동안 물방울만 그리는 것일까?

1929년 평안남도 맹산에서 태어난 그는 한국의 현대사의 고난을 고스란히 체험한 세대이다. 어릴 때부터 그림 그리기에 뛰어났던 그는 광성고보 2학년 때에 화가가 되기로 결심하였다고 한다. 그때 그 학교에는 최영림, 등 많은 화가 지망생이 있었다. 그러나 광성고보 3학년 때에 반공주의자란 이유로 수감되고 학교를 중퇴하게 된다. 공산주의자들을 피하여 1946년에 월남했다. 강제징용을 피해 경찰전문학교에 근무하다 우여곡절 끝에 서울대 미대에 입학했으나 한국동란으로 중퇴하였다.

그는 박서보, 정창섭과 함께 앵포르멜(무정형 미술) 운동을 이끌기도 했다.

어느 인터뷰에서 그는 고백했다. "물방울은 유년 시절 강가에서 뛰놀던 티 없는 마음이 담겨 있기도 하고, 청년시절 6·25 전쟁의 끔찍한 체험이 담겨 있기도 하지, 전쟁이 끝나고 나니 중학교 동기 120명 중에 60명이 죽었어. 나이가 많아야 스물이야. 앵포르멜 작품에서는 총에 맞은 육체, 탱크에 짓밟힌 육체를 상징적으로 그리려 했던 것이지. 그 상흔이 물방울 그림의 출발이 되었어."

처음에 그는 희생된 친구들의 영혼을 진혼하는 의식으로 물방울을 그렸을 것이다. 그리는 동안 그 자신도 전쟁으로 인한 트라우마를 치유 받았을 것이다.

그는 국제무대에 대한 꿈을 키우며 1961년에는 파리 비엔날레, 1965년에는 상파울로 비엔날레에 출품했다. 그리고 1966년 록펠러 재단의 초청으로 미국 뉴욕에 가게 된다. 뉴욕에서 뉴욕 아트 스튜던트 리그에서 판화작업을 하며 자신만의 작품 세계를 모색하였다. 1969년 파리의 아방가르드 페스티벌에 참여한 계기로 파리에 가서 정착했다.

1971년 프랑스 파리외곽의 들고양이들이 드나드는 마구간에서 생활하던 김 화백은 이른 아침 세수를 하려고 대야에 물을 받다가 물이 흘러 내려 캔버스에 크고 작은 물방울이 튀었다. 캔버스 뒷면에 뿌려진 그 물방울들이 빛을 받아 영롱하게 빛이 나는 그림으로 보였다. 그는 "나의 물방울은 장엄하였다. 그 때부터 시작하게 되었다."고 말했다. 그렇게 해서 그는 그만의 세계를 이루게 되었다.

1972년 파리의 전시에서 큰 반향을 일으켜 그는 세계적인 화가가 되었다.

그는 물방울 안에다 하나의 이상세계를 구현하고 있다. 투명한 액체 안에 맑은 햇빛이 비치고 그 안에는 평화와 조화가 깃들어 있다. 고통이나 갈등을 넘어 비움으로써 얻게 되는 안식의 자리…. 그가 도를 구하듯 갈구해온 동양적 달관을 나타내기도 한다.

그는 "물방울을 그리는 행위는 모든 것을 물방울 속에 용해시키고 투명하게 무(無)로 되돌려 보내기 위한 행위이다. 분노도 불안도 공포도 모든 것을 허(虛)로 돌릴 때 우리들은 평안과 평화를 체험하게 될 것이다. 혹자는 '에고'의 신장을 바라고 있으나, 나는 에고의 소멸을 지향하며 그 표현방법을 찾고 있는 것이다."라고 말했다.

그의 할아버지는 근처에서 이름난 명필이었는데 그는 어린 시절에 할아버지로부터 천자문을 배웠다. 한자라는 상형문자는 그가 만난 첫 그림이었다.

1980년대 후반부터 그린 회귀(回歸) 시리즈에서는 한자가 그려진 배경 위에 물방울을 그린다. 그의 어릴 때의 향수가 어려 있는 그 그림은 한자의 조형성으로 더욱 깊은 명상의 세계를 보여 주고 있다.

마대 위에서 주르륵 흘러내리는 물방울은 눈물 같기도 하다. 캔버스에 빼곡히 그려진 물방울은 끊임없이 노력하는 인간의 땀방울을 상징하는 게 아닐까?

인간의 눈물과 땀! 그것은 가장 순수한 결정체이다. 그의 그림은 노화백이 자신과 인류에게 바치는 위로의 헌사가 아닐까?

그는 몇 년 전부터 한국에 돌아와 마르띤느 여사와 아들 가족들과 함께 살고 있다.

우리는 1960년대를 미국 뉴욕에서 같이 보낸 남편의 선배 부부들과 점심 모임을 같이 하고 있다. 그 모임에 김 화백 내외도 같이 참석하신다. 가끔 북한산 자락에 모이면서 그 누구나 가난했던 유학시절의 추억을 얘기하며 젊은 시절을 그리워하기도 한다. 김 화백도 뉴욕 시절(1966-1968)은 고뇌와 방황의 시절이었을 것이다.

그는 흰 수염을 기르고 있어 도인 같은 풍모이다. 천천히 어눌하게 말씀을 하시지만 유머가 풍부하고 음성이 좋으시다. 손자들 이야기를 할 때는 여느 할아버지와 똑같이 얼굴이 환해진다. 가끔 값비싼 와인을 가져오기도 하고 담소를 즐기신다. 부인 마르띤느 여사도 소탈하고 냉면을 좋아 하신다.

그는 1961년경에 제주도에 1년간 머문 적이 있다. 그때 〈백치 아다다〉를 쓴 소설가 계용묵 씨와 교유하며 문학에도 관심을 가져 동인지에 실린 〈종언〉〈밀어(密語)〉〈동백꽃〉 등의 시가 남아 있다.

그가 제2의 고향으로 생각하는 제주도에 200여 점의 그림을 기부하고 올해 준공을 목표로 미술관이 건립되고 있다고 한다. 나는 제주도의 빼어난 풍광을 배경으로 세워질 그의 미술관을 기대하며 마음 설레고 있다.

설악산에는 그가 살고 있다

지금도 설악산의 깊숙한 품을 그리워하며 남편은 관악산에
자주 오른다. 나는 노인이 겨울에 산에 가는 것은 위험하다고
말리지만, 들은 체도 안 한다.

젊었던 날에는 나도 그를 따라서 설악산에 여러 번 갔었다.
백담사 근처의 강가에서 텐트를 치고 잔 적도 있고, 대청봉도
두 번 넘었다. 겨울에 대청봉 가까이에서 내려다 본 산들의
모습은 모두 추상화처럼 흰 삼각형들이었다. 잎이 다 떨어진
겨울 산들은 그때에 자신의 속살들을 보여 주었다. 대청의 산
장에서 하룻밤을 자고 아침에 일어났을 때, 해가 떠오르며 온

산의 골짜기와 능선을 비추는 광경은 장관이었다. 자연은 인간이 얼마나 수고하며 자신에 가까이 오느냐에 따라 조금씩 자신의 속내를 털어 놓는다.

설악산에 살며 평생 산을 그리고, 산을 숨 쉬고, 산에 기대며 사는 화가가 있다.

김종학(金宗學 1937-) 화백이 바로 그 사람이다.

그는 설악의 사계절을 화폭에 담는다. 여름의 그림에는 설악산의 바람과 폭포와 들꽃들이 살아 숨 쉰다. 가을에는 갈색의 갈대들이, 겨울 풍경에는 앙상한 나뭇가지와 먹이를 찾아 날아다니는 작은 새들을 그린다.

그는 오랫동안 우리의 고가구와 민속품들을 수집하여 왔고, 그 대부분을 국립박물관에 기증하였다. 그는 날카로운 심미안으로 우리 민족의 유산들의 진가를 발견했던 것이다. 여름풍경의 화려한 색체와 생명감 넘치는 꽃들은 그가 수집한 수예품들, 베갯모나 수병풍의 색깔들을 떠올리게 한다.

그는 서울대학 미술대학을 졸업한 후에 추상화와 판화, 그리고 설치미술을 시도하며 자신의 세계를 구축하려 노력했다. 미국에 유학을 하며 판화 작업도 하였다.

개인사 적으로도 어두웠던 시절, 1979년 가을 그는 홀연히 서울을 떠나 설악산에 있는 형님의 허름한 농가에 칩거하였다. 설악산의 정기가 그의 상처를 치유해 주었다. 심신의 건강을 회복하며 그는 새로운 작품세계를 열었다.

설악산의 구석구석을 누비며. 봄, 여름, 가을, 겨울, 사계절에 따른 생성하고 소멸하는 생명의 순리와 자연의 변화를 그만의 개성적인 필치로 화폭에 담았다.

신의주의 유복한 가정에서 태어난 그는 어릴 때부터 그림을 잘 그렸다고 한다. 김 화백의 우애 깊은 여동생은 , "오빠는 세 살 때부터 그림을 그렸다."고 말한다.

그리고 "초등학교 때 그림을 잘 그려서 상(賞)으로 물감을 받았는데, 6·25 때에 어머니가 그 남은 물감으로 옷감에 물을 들여 색동저고리를 만들어 팔았다."라고 말했다. 그는 중학생 때에는 샹송도 잘 부르고, 항상 무언가를 만들거나 그림을 그렸다고 한다. 오빠는 엄마를 잘 도와주는 착한 아들이었다고 회상했다.

그의 어머니는 김 화백이 K고교 시절에 성적도 좋았는데 미술대학에 간 것을 아쉬워하며, 아들이 화가라는 직업으로 사

람들에게 대접 받지 못할까봐 염려하여 항상 기도하셨다고 한
다.

그는 작은 생명 하나하나까지 사랑한다는 것을 그의 그림을
보면 알 수 있다.

우리 눈에 잘 띄지 않는 호박꽃, 할미꽃, 버들강아지나 개구
리, 까치, 오리들이 그의 그림에서는 생명의 환희로 약동한다.

여름 고요한 달빛 아래 흐드러지게 핀 달맞이꽃들. 그리고
검푸른 바다 멀리 집어등이 점점이 떠있는 속초의 밤 풍경은
신비하면서도, 보는 사람의 감수성을 일깨워서 한 편의 서정
시를 읽는 듯한 감흥을 일으킨다.

한여름 풍경에서, 사선의 구도 한 옆에는 폭포가 흐른다. 물
방울도 튀기며 힘차게 흐른다. 그 시원한 물소리가 들리는 듯
하다. 나무에는 부리 붉은 딱따구리가 나무껍질을 쪼아대고
있고, 여름의 온갖 꽃들이 저마다 생명의 열기를 뿜어내고 있
다.

이곳이 설악의 어느 곳인지는 물을 필요가 없다. 그의 그림
은 진경산수화(眞景山水畵)가 아니니까…. 설악산 속에서 본
자연을 화가는 그의 감성이 이끄는 대로 다시 조합하여 화폭에

재현한다. 그래서 관람자도 각자 자기의 기억에 새겨진 꽃을 기억하며 화가와 교감하게 되는 것이다.

그는 "내가 그리는 꽃은 사실적으로 피는 꽃이 아니라 화면 위에서 다시 구조적으로 피는 꽃이지. 항상 그림 그릴 때 색을 어떻게 배치하고 크고 작은 형태들은 어떻게 서로 배치하는 가가 큰 관심사다. 검정나비가 나오고 새가 나오는 것도 그 색과 형태가 필요해서 나온다. 그림은 자연에서 영향을 받고 다시 꾸미는 조형능력에 좌우된다."고 말했다. 그가 본 대상을 그 자리에서 그리는 것이 아니라, 내면의 눈을 통해서 엄격한 조형 질서 아래에 재구성한다는 것이다.

그래서 그의 그림은 미학적인 감동을 느끼게 해주며 그의 화려한 색채가 내뿜는 에너지는 보는 사람들을 매료시킨다.

겨울의 끝자락, 부산에서 그의 설경 전시회가 열린다기에 나는 이른 아침, 첫 버스를 타고 부산에 갔다. 그곳에는 이미 봄이 와 있었다. 햇빛에서 바람에서 봄의 부드러운 입김이 느껴졌다. 해운대의 달맞이 언덕에 있는 한 화랑에서 그의 전시회가 열리고 있었다. 통유리를 통해 바다 멀리 오륙도(五六島)가 그림처럼 보이는 전망 좋은 화랑에서 그의 웅장한 겨울 산을 보는 것은 또 다른 즐거움이었다.

그가 그린 겨울 풍경은 여름 풍경과 사뭇 다르다. 먼 산을 그린 설경에서는 엄격하리만큼 절제되고 추상화된 화면을 볼 수 있다. 그 단순한 무채색에서는 존재의 고독함과 순수함에 대한 갈망이 엿보인다. 김 화백이 사랑하는 조선 목기의 단아한 선을 떠올리게도 한다. 그러나 겨울을 견디고 있는 생명들을 그는 외면하지 않는다.

그의 시선은 산 속으로 향한다. 그 곳에는 먹이를 찾아 이리 저리 날아다니는 새들이 있고, 나무 둥치를 감고 올라가는 넝쿨들, 모두 저마다 봄을 기다리며 인내하고 있다. 겨울 산은 침묵하며 뭇 생명들을 껴안고 있다.

김 화백은 그림만 그릴 뿐 어딘지 발 빠르게 돌아가는 세상 일에는 어울리지 않아 보인다. 그의 부인 조신애 여사는 수수한 들꽃 같다. 그녀는 김 화백의 건강과 화업을 위해 조용히 내조하면서 30년이 넘게 해로하고 있다.

김 화백은 "시인은 70세, 화가는 60세부터이지, 그때부터 인생이 좀 보이기 때문"이라고 하였다. 젊어서 서울대 미대를 졸업한 후에는 유행에 따른 추상화도 하였지만 이제 자신의 세계를 확립한 후이기에 삶의 경륜이 느껴지는 말이다.

그는 젊은 시절에 이혼으로 아이들과 떨어져 살면서 150편에 가까운 편지를 아이들에게 보내며 애틋한 마음을 전했다고 한다. 이제 자녀들도 다 성장하여 따님은 아버지의 그림을 관리하고 보관하는 일을 맡아서 하고 있으니 흐뭇한 일이다.

그의 설경에는 울산바위가 자주 보인다.

그 바위들은 많은 설화를 간직하고 어딘지 범접할 수 없이 영험해 보인다.

울산바위를 배경으로 한 노 화백의 모습에서 얼핏 "큰 바위 얼굴" 같은 탈속함이 엿보였다.

천진한 아이들의 마을

　내가 여고에 다닐 때에 혜화동에 살았는데, 그때 혜화동 로터리에는 '동양서림'이라는 책방이 있었다. 그 서점은 같은 학교 친구 경수의 어머니가 경영하시던 곳이었다. 경수와는 한동네에 살았지만 같은 반이 아니라 그렇게 친하지는 않았다고 기억한다. 그래도 버스에서 만나면 얘기도 하고, 시험 때에는 시험 문제의 답을 비교해 보곤 했었다.

　나중에서야 그 아버지가 화가라는 걸 알게 되었다. 공간 화랑에서 열린 아버님의 2회 개인전을 가보고 그 작품세계를 알게 되어 큰 감명을 받았다. 그 후에 경수와 명륜동의 친정집에 몇 번 놀러 갔었다.

장욱진(張旭鎭 1918-1990) 화백의 명륜동 시절, 그 댁에 가면 손수 조각한 '관어당(觀魚堂)'이란 편액이 걸린 정자가 연못 위에 있었다. 그는 연못의 잉어에게 밥도 주고 하면서 도시 생활의 삭막함을 견딘 것 같다.

장 화백의 모습을 떠올리면 천진한 모습으로 웃고 계신 모습이 떠오른다, 콧수염을 기르고 세상 물정은 아무것도 모르고, 그림에 온 생애를 바치신 분.

그리고 연이어 경수의 어머님을 떠올린다. 평생 예술가의 뒷바라지를 하며 불교에 정진하시는 분. 지금 97세의 고령으로 평안하게 여생을 보내고 계신다.

장 화백은 부인의 법명 진진묘(眞眞妙)란 이름의 그림을 두 점 그렸다. 하나는 서 있는 여래의 상이고 하나는 그 후에 그린 앉아 있는 모습이다. 둘 다 작은 그림이고 선(線)으로만 그린 그림인데도 그 그림은 큰 감동으로 다가 온다. 그 그림에는 부인의 성품과 정신세계, 그에게 헌신하는 데 대한 감사가 모두 압축되어 있다.

그는 어렸을 때부터 까치를 많이 그리고, 초등학교 3학년 때에 미술교사가 〈전 일본 소학교 미전〉에 그의 그림을 출품하여 일등상을 받았다. 경성 제2고등보통학교(현, 경복고등학교)에 입학하여 미술반에 들어가 그림에 열중하였다. 그러나 불공정한 일본인 교사에게 항의한데 대한 징계로 학교를 중퇴하고, 양정고등학교에 편입했다. 그 시절 학생미술전에 참가하여 여러 차례 입상하고 상금도 받았다고 한다.

양정학교 졸업 후에 일본 동경의 제국미술학교 서양학과에 유학한 후에 귀국하여 김환기, 유영국 등과 함께 '신사실파(新寫實派)'를 결성했다. 1954년에 서울대학교 미술대학 교수를 지냈으나 1960년에 교수직을 사직했다.

그는 서울대학 교수를 그만 두고 잠깐 국립박물관에서 일할 때에 이관구 선생의 중매로 석학 이병도 박사의 맏딸인 이순경(李舜卿 1920-)에게 늦장가를 들었다고 하셨다.

그의 그림에는 문명의 때가 묻지 않은 소박한 고향의 모습을 많이 볼 수 있다. 줄지어 늘어선 미루나무, 초가집 툇마루에 앉아 누군가를 기다리고 있는 사람들, 그리고 나무 아래 멍석을 깔고 편안하게 앉아 있는 사람들….

하늘에는 해가 떠있고 새들이 줄지어 날아간다. 그는 소와 돼지, 강아지와 닭도 즐겨 그렸다. 그리고 그림 속에는 어린아이들이 놀고 있다.

지극히 절제되고 생략된 그 조그만 그림들을 보면, 경쟁이 심하고, 포장된 도시를 벗어나 흙 냄새나는 어릴 때의 고향으로 돌아간 듯, 마음이 평온해진다.

6·25전쟁 직후 1951년에 그린 조그만 그림 〈자화상〉에는 노란 보리밭 사이로 턱시도를 입고 한 손에는 모자를 벗어들고 한 손에는 우산을 든 채 황토 길을 걸어가는 화가의 모습을 볼 수 있다.

그는 전쟁의 혼란으로 붓을 들 수 없었다. 초조와 불안으로 술을 마시며 방황했다.

그 때 고향의 부모님 곁에 내려가서 안정을 찾으며 그린 그림이었다.

이 그림은 대자연의 완전 고독 속에 있는 자기를 발견한 그때의 내 모습이다. 하늘에는 오색구름이 찬양하고 좌우로는 자연 속에서 나 홀로 걸어오고 있지만 공중에선 새들이 나를 따르고 길에선 강아지가 나를 따른다. 완전 고독은 외롭지 않다.

그때의 농촌이 주던 푸근함과 따뜻한 인정이 평생 그의 그림의 소재가 된 것이 아닐까? 그의 그림을 보면 '단순함의 위대함'을 느낀다. 그의 생활은 그의 그림과 일치한다.

그는 그림에 있어서 회화성은 30호 이내여야 한다고 말했다. 규모가 커지면 그림이 싱거워지고 화면을 지배할 힘이 약해지기 때문이라고 했다. 실제 그의 그림은 모두 크기가 작다. 그 시대의 다른 화가들처럼 그도 우리의 전통 정신과 자신의 정체성을 그림이라는 조형언어로 표현하기 위해 평생을 고민한 것을 알 수 있다.

산다는 것은 소모하는 것, 나는 내 몸과 마음과 모든 것을 죽는 날까지 다 써버려야겠다. 남는 시간은 술로 휴식하면서….

그는 문명화된 서울을 떠나서 덕소, 수안보 등에서 혼자 생활하며 그림을 그렸다. 무엇보다 그는 예술가의 독창성을 소중히 여기며, 삶의 엑기스를 그림에 쏟아 부었다. 덕소에서는 시골 노인들과 어울려 막걸리 한 잔을 나눌 때의 즐거움, 동네 아이들에서 느끼는 천진한 기운들을 쓴 글들이 남아 있다.

그는 덕소 화실에서 자유스러웠다. 그러나 화폭 앞에서는 우주에 홀로 서 있는 듯한 고독을 느꼈다고 고백했다.

내 그림은 빛깔을 통한 내적 고백이며 내 속에서 변형된 미와 자연의 찬미이다. 하나의 작품이 완성될 때까지의 고통과 희열은 하나하나의 붓 자국에 담겨 그림 속에 스며든다. 그림을 그린다는 것은 미의 승리를 확신하고 캔버스를 향해 감행하는 영혼의 도전이 아닐까? …

그는 빼어난 에세이스트이기도 했다. 그가 남긴 글을 읽으면 한 예술가의 치열한 고뇌와 진실하고 맑은 영혼, 그리고 자연과 생명에 대한 깊은 애정을 느낄 수 있다.

그가 신문이나 잡지에 쓴 산문들이 1976년에 ≪강가의 아틀리에≫(민음사)라는 에세이집으로 출간되었다.

나에게는 선생님이 주신 조그만 매직 그림이 하나 있다.

내가 딸 둘 아래에 막내로 아들을 낳았을 때 기뻐하시며, 손바닥만한 시험지에 매직펜으로 발가벗은 사내아이를 그려 주셨다. 40년이란 세월이 흘러, 지금 그 그림은 종이는 누렇게 바래고 펜 색깔은 날아가 형태가 잘 안 보인다. 그러나 그때 기뻐해주시던 선생님의 그 환한 웃음은 지금도 선명하게 내 마음에 남아 있다.

친구 장경수는 '장욱진 미술 재단'의 이사로서 아버지가 남긴 귀한 유산들을 보존하고 계승하는데 전력을 기울이고 있다. 또한 온가족의 숙원 사업이었던 '장욱진 미술관'이 장흥에 지어져 작년에 개관했으니 참으로 기쁜 일이다.

그녀는 한편 모교 박물관의 관장으로서 바쁘고도 보람찬 나날을 보내고 있다.

1990년 겨울날, 경수가 울먹이는 목소리로, 아버지가 점심 잡수신 게 체해서 돌아가셨다고 말했다. 그렇게 선생님은 홀연히 떠나 가셨다.

확고한 예술정신과 미술에 대한 깊은 안목으로 그의 모든 것을 조그만 화폭에 표현하려고 자신과 무던히도 맞서야 했던 분.

"내게 죄가 있다면 그림 그린 죄밖에 없어…."

그는 심플하게 산 자유인이었다.

선생님은 신선도에 나오는 주선(酒仙)처럼 세상일을 미리 내다본 게 아닐까? 그는 자신의 죽음을 예감하고 있었는지도 모른다.

　그가 그린 마지막 그림에는 긴 두루마기를 입은 노인이 하늘
을 걷고 있다.

유쾌한 세계인

"우리 외삼촌은 음악 공부하러 독일에 유학을 갔는데 여름에도 털목도리를 하고 다녀. 괴짜야."

여고 시절에 나와 가까웠던 친구 K가 나에게 한 말이다. 나는 그 시절에 독일에 유학 가 있다는 말도 놀라웠고, 참 이상한 사람도 있구나 하고 생각했었다. 그가 바로 세계적인 비디오 아티스트 백남준(白南準 1932-2006)이라는 것을 나중에 알게 되었다.

그때 수송동엔가 k의 집이 있었는데 큰 이층 양옥집이었다. 그때는 우리 집을 비롯해 대부분 조그만 한옥에서 살았었는데,

그녀의 집은 방에 벽난로가 있고 뜰에 큰 나무들도 많이 있었다. K는 백남준의 큰누님의 딸이었다. 나중에 K의 외할아버지가 어마어마한 부자였다는 걸 알게 되었다. K는 여고를 졸업하고 이화대학에 다니다, 일본에 유학 갔다. 게이오 대학 교수가 되어 ≪한국어를 권하며≫라는 책을 써서 일본에서 유명해졌다. 지금 일본에서의 한류의 인기는 그 책이 단초가 되지 않았을까 하는 생각도 든다.

그 후에 가끔 신문에 백남준에 대한 기사가 나곤 했다. 독일에서 공연 중 피아노를 때려 부수기도 했고, 뉴욕에서는 전위적인 첼리스트 샬롯트 무어 맨이 상반신을 벗은 그를 첼로로 삼아 안고 연주하다가 경찰에 잡혀 가기도 했다.

그 후에도 그에 대한 기사는 항상 당혹스럽고 놀라웠다.

그는 왜 그렇게 추위를 탔을까? 뉴욕 시절의 사진을 보면 여름에도 스웨터를 입고 털목도리를 하고 있는 것을 본다.

그는 "예술은 사기"라고 갈파했다. 그건 화가 이중섭이 자기 전시회에서 작품이 팔리는 것을 보고 "또 한 놈 속여 넘겼다"라며 웃었다는 사실을 떠 올리게 한다. 예술이 엄숙주의라는 허상을 벗어야 된다는 그의 철학이 담긴 말이다.

그는 "예술은 밋밋한 이 세계에 양념과 같은 것이다. 이 상
투적인 세계에 그나마 예술적 충격이 없으면 인간들은 정말
스스로 파멸할 것이다. 예술이 위대해서가 아니라 건조한 세
상이 재미 없다보니 예술이 비정상적으로 보이기도 하고 위대
한 것처럼 보일 따름이다."라고 말했다.

"달은 가장 오래된 TV"라고 말하며, 앞으로는 TV가 우리들
생활에 끊을 수 없는 매체이며, 브라운관이 종이를 대신 할
것이라고 예언했다.

문명비평가들은 TV를 바보상자라고 했지만 그는 첨단 기술
과 예술을 결합시킨 것이다.

1984년 1월 1일에는 ≪굿모닝 미스터 오웰≫이라는 비디오
작품을 파리와 뉴욕에서 전 세계에 방영해서 화제를 모았다.
오웰의 소설 ≪1984≫에 나오는 비관적 미래상을 반박하는 주
제로 다채로운 아티스트들의 밝고 역동적인 영상들을 담고 있
다.

그의 TV 조각들은 〈TV 정원〉〈TV 부처〉〈TV 첼로〉에서
발전하여 〈선덕여왕〉〈을지문덕〉 등의 설치 작품이 있다. 그
TV 화면들에는 쉴 새 없이 영상들이 움직이고 있으므로, 관람

자들은 새롭고 충격적인 미적 체험을 하게 된다.

사진에서 보는 그의 화실은 고물상과도 같다. 고장난 TV, 자전거 바퀴들….

그는 다양한 소재를 가지고 로봇을 만들기도 했다. 그 로봇을 통해 작가의 기발한 상상력과 유머 감각을 볼 수 있다.

1993년 베니스 비엔날레에 출품된 수양버들을 형상화한 비디오 조각은 황금사자상을 받았다. 사람들은 그의 예술 철학을 이해하기 시작한 것이다. 백남준은 우리에게 첨단 시대에 가능한 예술을 계몽시키려는 예언자적 아티스트였다.

처음 한국에 귀국했을 때에 그는 유치원 때의 소꿉친구인 수필가 이경희 여사를 찾는, 다정다감한 면모를 보이기도 했다.

그의 비디오 중에서 그는 두루마기를 입고 갓을 쓰고 지게를 메고 서울의 번화가를 걷고 있다. 지게 안에는 지구본이 세 개 들어 있었다. 그는 지구를 지고 어디로 가는 것일까? 그의 예술행위에는 은유와 상징이 가득하다. 그로부터 받는 모든 의문의 해답은 관람자 각자의 몫이다.

그의 낙관적인 세계관과 천진하면서도 파격적인 상상력은

어디서 오는 것일까? 나는 그의 옛 사진첩을 보고 어느 정도 납득이 갔다. 그 오래된 사진에는 백남준이 어렸을 때에 집안 친척들이 찍은 기념사진인데, 여자는 남자 복장을 하고, 남자는 여자 옷을 입고 찍은 사진이었다. 여자는 콧수염을 그리고 남자 양복을 입고, 남자들은 치마저고리를 입고 있었다. 백남준은 화살표를 그어 그 사진의 주인공을 '사촌누나' 등으로 밝혀 놓았다. 그가 어렸을 때의 그 가정의 분위기를 짐작할 수 있었다. 그 가풍은 상당히 개방적이고 유머가 풍부했던 것 같다.

"그는 예술가의 역할은 미래를 사유하는 것이다."라고 말하며 음악을 시각화 하고, TV의 움직이는 영상을 통해, 미술에 시간을 도입시켰다. 그리고 첨단기술과 미디어를 예술과 철학으로 연결시켰다.

그는 끊임없이 새로운 세계에 도전하고, 익숙한 것에서 탈피하고자 했다. 그리고 예술의 지평을 넓히고, 낯선 실험을 두려워하지 않았다.

그렇게 해서 '비디오 아트'라는 예술의 한 장르를 탄생시켰다.

우리가 그로부터 얻는 것은 어떤 고착된 관념으로부터 탈피하는 용기일 것이다.

2006년에 그는 미국에서 세상을 떠났다. 그의 평생의 예술 동지였던, 부인 구보다 시게코 여사도 2015년에 별세했다. 그녀는 "어린아이처럼 천진했고, 우주처럼 심오했던 남자와 함께한 삶에 감사한다."는 말을 남겼다.

그는 미래의 어느 행성에서 너무 일찍 지구별에 온 이방인 같은 존재.

목도리를 즐겨하는 그는 노란 목도리를 하고 소혹성 B612에서 지구에 불시착한 '어린 왕자'가 아니었을까?

그 깊고 푸른 점

"일하다 말고 내가 종신수(終身囚)임을 깨닫곤 한다."

1974년, 6월 28일에 김환기 화백은 그의 일기에 이렇게 썼다.

그는 하루에 10시간씩, 때로는 새벽 서너 시까지 그림을 그렸다. 그리고 1974년 7월 25일에 세상을 떠났다. 무려 3천여 점의 그림을 남기고….

시대를 초월한 한 거목이 사라졌다. 그리고 그는 전설이 되었다. 목 디스크의 수술을 위해 가벼운 마음으로 입원했는데, 병상에서 떨어지면서 뇌출혈을 일으켰던 것이다. 그의 나이 62세였다. 뉴욕 근교의 발할라 마을의 캔시코 묘지에 유택이 있다.

수화(樹話) 김환기(金煥基 1913-1974). 그는 뉴욕으로, 파리로 세계를 떠돌았지만 진정한 한국인이었다. 한국의 달과 강산, 그리고 바다를 사랑했다. 그리고 백자와 매화와 학은 그의 영원을 향한 노래가 되었다.

그는 전라남도 신안군의 기좌도(현, 안좌도)에서 태어났다. 그가 태어 날 때 그의 어머니가 하늘에서 오색 깃발이 내려오는 꿈을 꾸었다고 전해온다. 섬을 두 개나 소유한 부농의 아들로 태어나 19세에 일본에 유학해 일본대학 예술학원 미술학부를 졸업했다. 그는 1944년 예술의 동반자이며 뮤즈인 김향안(金鄕岸)을 만나서 결혼하였다. 둘 다 재혼이었지만, 30년 동안 그들은 예술의 동반자로 삶의 고난과 환희를 함께 했다. 김향안은 수필가로서 수필집을 여러 권 내었다. 그녀의 수필은 진솔하고 꾸밈이 없다.

김환기의 초기작품으로 이과전(二科展)에 입선한 〈종달새 노래 할 때〉(100호, 1935년)에는 한복을 입은 여인이 물동이를 이고 가는 모습이 그려져 있다. 초기 피카소의 화풍과도 비슷하게 사실적인 형태의 묘사를 피하고 생략의 과정을 거쳐 색면으로 그린 그 그림을 보면 농촌의 서정미가 물씬 풍긴다.

6·25동란이 일어나자, 부산으로 피난했고, 그때의 경험은 〈피난열차〉라는 그림에 담겨 있다. 전쟁이라는 극한 상황 속에서 예술가들은 더욱 더 예민하게 부조리와 절망감을 느꼈을 것이다. 그는 그 돌파구로써 파리행을 동경했고 1956년에 파리에 도착한다. 아마 파리에서 그들은 자유로운 공기를 숨 쉬며 가난했지만 정신적으로 풍부한 생활을 했던 것 같다.

그는 그곳에서 다섯 차례의 개인전을 열며 호평을 받았다, 그때의 작품들은 대부분이 백자를 주제로 하고 매화, 달, 학 등이 어울린 한국의 시정이 흘러넘치는 반추상화이다. 그는 어릴 때부터 보아온 조선의 둥근 백자항아리를 통해 그의 미의식이 눈떴다. 그는 캔버스의 시인이었다. 고향에 대한 그리움과 이방인으로서의 외로움, 예술가가 느끼는 절망과 좌절 그리고 소망을 캔버스에 풀어 놓았다.

그는 1959년 서울에 귀국하여 개인전을 열고, 홍익대학 미대 학장이 되었다. 그러나 그는 안정된 생활에 안주하지 않고 새로운 도전을 꿈꾼다.

그는 1963년에 상파울로 비엔날레에서 〈섬의 달밤〉등으로 명예상을 받았다. 이를 계기로 그는 물감과 간단한 짐만으로 뉴욕에 도착했다. 그는 다시 황야로 나간 것이다.

이 무렵, 뉴욕은 예술의 메카로 새로운 유파들이 탄생하고 세계 각국의 예술가들이 모이던 곳이었다. 한국의 대표적인 화가들인 김창열, 백남준도 1960년대에 모두 뉴욕에 체류했다는 사실은 흥미롭다. 그는 유행하는 어떤 유파에도 속하지 않고 자신만의 개성에 넘치는 작품세계를 개척했다.

그는 캔버스에 대작을 하는 틈틈이 시험지나 줄이 쳐진 조그만 공책 위에 과슈(불투명 수채화)를 많이 그렸다. 그 그림들에는 그의 조형에 대한 고민과 안목을 진하게 느낄 수 있다. 초기의 서정적 그림에서 추상으로 옮겨 가는 과정을 그대로 추적해 볼 수 있다. 산이나 강으로 보이는 청회색의 곡선들의 변주가 계속된다. 그러다 언제부터인가 달 속의 구름 같기도 하고, 파도 같기도 한 형태 속에 점들이 보이기 시작한다. 그는 꾸준히 일기를 써 왔는데 잠언 같은 구절은 그의 영혼의 고뇌를 깊이 느낄 수 있다.

"미술은 질서와 균형이다."(1965. 1. 19)

"선과 점을 좀 더 밀고 가보자. 화제(motive) 달과 산과 바람

과.”(1965. 1. 24)

“날으는 점. 점들이 모아져 형태를 상징하는, 그런 것을 시도하다. 이런 것을 시도해 보자.”(1968. 5. 1)

“미술은 철학도 미학도 아니다. 하늘, 바다, 산, 바위처럼 있는 것이다. 꽃의 개념이 생기기 전, 꽃이란 이름이 있기 전을 생각해 본, 막연한 추상일 뿐이다.”(1973.10.8)

기존의 화풍에서 벗어나 새로운 조형미학을 시도했던 처절한 고민의 흔적을 볼 수 있다.

그렇게 해서 그만의 독특한 점화(點畵)가 탄생했다. 200호, 300호 등의 대작으로 점을 그리며, 캔버스 대신 코튼을 바탕으로 수묵화에서처럼 번지는 효과를 시도하였다.

멀리 떨어져 있는 고국의 벗들과 산야를 생각하며 점 하나씩을 찍어 갔다. 그리고 친구인 이산(怡山) 김광섭의 시 구절 〈어디서 무엇이 되어 다시 만나랴〉라는 제목을 붙였다. 그가 그린 점은 모두 별이었다. 윤동주가 별 하나에 어릴 때의 친구들의 이름을 붙였듯이, 그는 점 하나에 그리운 이름들을 붙인 것이다.

“내가 그리는 선, 하늘 끝에 갔을까. 내가 찍은 점, 저 총총히 빛나는 별 만큼이나 했을까, 눈을 감으면 환히 보이는 무지개보다 더 환해지는 우리 강산…"이라며 "별들이 있어서 외롭지 않다."고 했다.

점화에서 우리는 그의 초기작품에서 보는 서정성을 뛰어넘어, 무한을 향한 매혹을 느낀다. 그 화폭들에는 그가 고향의 바다를 퍼내어 쏟아 부은 듯 짙푸른 바닷물로 넘실거린다. 푸른 빛 사이로 윤슬인 듯 흰 빛들도 어렴풋이 보인다. 그 절제되고 심오한 푸른색은 그리움이며 영원을 향한 동경의 색이었다.

그가 타계하기 2년 전에 그린 〈우주〉라는 제목의 작품은 무수한 푸른 점들이 두 개의 큰 원형을 이루고 있다. 그 점들은 우주에서 황홀하게 쏟아지는 유성우 같다. 푸른 별들의 장엄한 원무이다. 그의 그리움은 팽창하여 우주에까지 이르렀다.

어느 날 나는 부암동의 가파른 언덕에 있는 환기미술관을 찾았다. 본관은 수리 중이라 문을 닫았고 수향산방에는 그의 스케치와 향안 여사에게 보낸 편지 몇 점이 전시되어 있었다. 그리고 좁은 공간에 뉴욕의 아트리에를 재현해 놓았지만 옹색해 보였다. 그의 그림은 수십 억에 거래가 되고 있고, 대형 화랑에서 대대적으로 '탄생 백주년전'을 열고 있지만, 환기미술관은 몇 점의 그림과 프린트들만 관람객들에게 보이고 있었다. 남편의 사후에 환기재단을 만들고, 미술관을 지으며, 여러 가지 사업을 하던 김향안 여사도 2004년에 타계하여 뉴욕의 남편 옆에서 잠들고 있다고 한다. 겨울의 환기미술관은 춥고 쓸쓸하기만 했다.

수화의 일기에는 뉴욕의 추위에 대해서 자주 나온다. 1967년부터 한 3년 동안 나도 뉴욕에 있었기에 그때의 생각이 났다. 낯설고 차가워 보이던 그 도시, 내가 서툴게 결혼생활을 시작했던 그때에 수화 선생도 이방의 예술가로서 힘겹게 살고 있었나 보다. 한 평생 한국의 아름다움을 세계에 알리고 싶어하면서….

그 시절의 사진 한 장을 보면, 목이 길고 검은 둥근 뿔테 안경을 낀 그의 모습은 한 마리의 사슴과 같다. 그의 초기 그림에 많이 등장하는 순하디 순한 짐승.

그는 먼 곳을 그리워하는 외로운 사슴처럼 평생을 고향의 산과 바다를, 친구들을 그리워하였다.

그리고 그는 영영 돌아오지 못했다.

제 6 부

남편의 오두막

어느 날 저녁에 남편은

밭에서 뱀을 보았다면서

이제 밭이 생태계를 회복한다며 좋아 했다.

그리고 K씨는 밤에 고라니와 새끼들이 온 것을 봤다고 했다.

산은 이곳에서 꽤 먼 곳에 있는데,

그들은 찻길을 건너서 어떻게 이곳까지 온 것일까.

단풍나무나 은행나무의 묘목들이 자라 숲을 이루고 있으니

아마 녹색을 찾아 온 모양이다.

- 본문 중에서

폐원(廢園)에 돌아와서

작년 가을에 그동안 생각해 오던 귀농을 실천하기로 했다. 하기는 귀농이라는 말은 적합하지가 않을지도 모른다. 아들 가족에게 서울 집을 맡기고 우리는 주로 시골에서 살면서 서울 집에도 오가기로 결정을 하였다.

10여 년 전부터 우리는 서울 근교에 있는 땅에 단풍나무를 비롯하여 벚나무, 매실나무, 은행나무 감나무 등을 심었다. 그런데 감나무와 벚나무들은 자라지 못하고 대부분이 죽고 말았다. 농원이라 하지만, 단풍나무와 은행나무를 제외하곤 별로 볼만한 나무들이 없다. 매실나무도 삼백 그루 가량 심었지만 더러는 죽고, 올해는 매실을 통 따지 못했다. 작년에는 제법 많은 매실이 열렸는데 밤새 도둑이 들어 다 따 가버렸다.

그곳은 추억도 있지만 나에게는 아픔이 있는 곳이다. 오래전 이 근처는 모두 시댁의 배 밭이었다. 그러나 세월이 흐르면서, 봄이면 구름 같은 배꽃이 피던 배 밭은 아파트 단지가 되었고. 더러는 우체국이나 소방서 같은 공공장소가 되기도 했다.

단풍나무들 사이로 걸으며 아기 손바닥 같은 잎사귀들이 손짓하고 흔들림을 본다. 제철을 만나 붉은 잎으로 물든 나뭇잎들은 모두 제각각의 모양과 색을 하고 있다. 노란색, 오렌지색, 붉은 색이 적당히 서로 섞여 있어 하나도 똑 같은 잎이 없다.

마치 조개껍질의 무늬가 하나하나 다 다르고, 사람들의 모습도 각각이듯이 이파리 하나도 똑 같은 게 없는 것은 놀라운 일이다. 몇 년 전에 심은 단풍 묘목들이 벌써 이렇게 자라 제법 숲을 이루고 있다. 그들이 내뿜는 빛의 질량이 무거워 온몸이 붉은 물로 물들일 것 같다.

그동안 친척인 K씨가 돌보면서 남편이 서울에서 시간 나는 대로 들러서 일했지만 제대로 관리가 되지 않았었다. 담장 옆에는 지나다니던 사람들이 던져 놓은 쓰레기가 수북했고 땅에는 풀들이 자라서 엉켜 있었다. 이미 폐원의 모습이 역력했다.

우리는 우선 쓰레기부터 치우기로 했다. 깨진 유리 조각들, 빈 상자들, 사람들이 버리고 간 쓰레기들을 업체를 불러 말끔히 실어 내었다. 쓰레기 더미를 치우고 나니 제법 넓은 땅이 드러난다. 역시 비어 있는 곳은 깨끗하고 아름답다.

남편은 제초기로 풀을 깎는다. 나는 그동안 무관심했던데 대해 조금은 속죄하는 마음으로 나무들을 감고 올라간 풀들을 걷어 내어 준다. 남편은 나무들이 자신의 데려온 자식이라도 되는 양, 나의 서투른 노동을 고마워하는 눈치이다. 나무들 사이로 부는 바람은 살아 있는 듯 부드럽고 흙냄새, 풀 냄새에 향기로움이 물씬하다.

나란히 줄을 지어 서 있는 어린 나무들은 마치 운동장에 줄서 있는 초등학교 저학년생들 같다. 제대로 자라고 있는 아이들 가운데, 어떤 애들은 영양실조 걸린 것처럼 잎도 다 떨어지고, 가지도 비리비리 가늘기만 하다. 그 옛날 내가 초등학교 다니던 시절의 아이들처럼 부스럼이 나거나 팔다리에 상처가 난 아이들도 있다. 어쩌면 나도 이들과 가까워질 수 있을 것 같다. 그래서 그들의 내밀한 속삭임을 들을 수 있었으면 좋겠다.

처음 남편이 이사를 결정했을 때, 나는 많이 망설였다. 집에서 키우는 화분도 죽이는 데 선수인 내가 땅을 섬길 수 있을까? 그리고 아직도 나는 낯선 곳으로의 여행에 마음이 끌리고, 세련된 도시의 공간들이 편안한데, 묵묵히 인내하는 자연과 잘 소통할 수 있을까 하는 염려도 되었다.

그러나, 마음 한 편으로는 보다 단순하고 소박한 생활에 대한 소망이 아지랑이처럼 모락모락 피워 오르고 있었다. 그리고, 이제는 생활에서 모든 장식적인 치레에서 벗어나 아무 거리낌 없이 민낯으로 살아 보고 싶었다. 서울을 떠나 시골에서 산다면 그런 자유를 맛볼 수 있을 것 같았다.

마음속의 갈등이나 분노도 젊은 시절의 몫이다. 지금의 나는 감사와 마음의 평화만 바랄 뿐이다. 이사 온 지 한 달가량 되면서 농원은 조금씩 모양을 갖추어 간다. 풀이 말끔하게 베어져 이발한 청년의 얼굴처럼 단아하다. 이제는 사방에 늦가을의 쓸쓸함이 묻어 있다.

나무들에 둘러싸여 그들의 침묵에 귀를 기울여 본다. 혹시 어디에선가 이 곳으로 나를 부른 소리가 들릴까 하고….

남편의 오두막

시골에 있는 농장을 제대로 가꾸기로 하고 제일 먼저 시작한 일은 조그만 집을 짓는 것이었다. 농장 일을 하기 위해 옷도 갈아입고, 쉴 수 있는 곳이 필요했다. 그러나 농지법상 집을 지을 수가 없다고 하였다. 그러나 그건 큰 문제가 아니었다. 조립식 집이라는 이동이 가능한 집을 얼마든지 살 수가 있었다.

시골의 논둑길을 넘어 찾아 간 곳에 조립식 집을 파는 공장이 있었다. 사장님이 종업원을 부르는데 이름이 이상했다. 달려오는 사람은 검은 얼굴에 빼빼마른 외국인이었다. 케냐에서 온 사람이라고 했다. 그 먼 아프리카에서 이곳까지 왔다는 말에 나는 무척 놀랐다. 지금부터 15년 전쯤이었으니, 그때부터 외국인 노동자들이 밀려오기 시작했었나보다.

집이 다 되어 농장 한편의 키 큰 미루나무 옆에 가져다 놓았다. 아담하고 예쁜 집이었다. 작은 집이었지만 마주보이는 창문이 있고 현관문이 있다. 지붕의 경사도 안정감이 있어, 집으로서 손색이 없었다.

조립식 집이지만 전기가 들어오고, 우물과 연결되어 물도 나오고 인터넷이 연결되어 남편은 노트북을 사용할 수도 있다. 구조는 한 칸으로 단순하다. 장의자와 책상, 의자 서너 개, 그리고 선반 겸 책장이 전부이다. 그래도 창문이 있어 여름에는 시원한 바람이 들어오고, 겨울에는 햇볕이 잘 들어 따뜻하기도 하다.

나는 이 작은 집을 볼 때마다 소로가 월든 호숫가에 지은 통나무집을 떠올리곤 한다. 헨리 데이비드 소로는 1845년 봄에, 미국 콩코드의 남쪽에 있는 월든 호숫가에 손수 오두막을 짓기 시작했다. 그는 그곳에서 철저히 자급자족하는 생활을 하며 그가 주장하는 '단순하고, 소박한 삶'을 실천하였다. 그는 문명의 발달로 인해 인간이 기계적으로 되는 것을 경계하며 자연 속에서 삶의 진정한 의미를 찾기 원했다.

그의 책 ≪월든≫에 보면 그 집은 폭이 10피트, 길이 15피트, 기둥 높이 8피트라고 씌어 있다. 나는 그의 오두막이 얼마만한 것인지 궁금했었다.

어느 날 남편의 집을 재어 보았다. 길이가 약 5미터, 폭은 3.7미터 높이는 약 2.5미터였다. 소로의 통나무집을 미터로 계산하면 길이는 약 4.6미터, 폭은 약 3.1미터 높이는 약 2.5미터이다. 놀랍게도 두 오두막은 크기가 비슷했다. 평수로 계산하면 남편의 조립식 집이 5.7평인데 비해서 소로의 통나무집은 약 4.2평이었다. 소로의 집이 좀 더 작았던 것을 알 수 있었다. 남편은 낮에만 머물지만, 소로는 그곳에서 자고 생활을 했으니, 얼마나 절제된 생활을 했는지 알 수 있다.

몇 년 전 대학에서 정년퇴임을 한 후에 남편은 조그만 배낭에 노트북을 넣고 유목민처럼 여기저기 별 다방에서 한두 시간씩 시간을 보내는 게 일상이 되었다. 대학가의 분위기 좋은 곳, 즉 컴퓨터를 보고 있는 사람들이 많은 곳을 주로 찾아간다. 그의 배낭 안에는 노트북이나 책 외에도 등산 후에 갈아입을

옷과 세면도구 등이 들어 있다. 그의 배낭은 마법의 양탄자와도 같다. 노트북을 통해서 그는 대학 도서관을 넘나들고, 모든 지식이나 정보를 저장하고, 꺼내기도 한다. 배낭은 그의 분신처럼 항상 그와 함께 있다. 그래서 나는 그를 '망태 할아버지'라고 부르기도 한다.

3년 전 아예 서울 생활을 접고 이곳으로 내려 온 후에는 농장의 오두막은 그의 성(城)이 되었다. 그동안 잘 돌보지 않아 황폐했던 땅에 쓰레기를 치우고 밭을 일구었다. 봄에는 주로 빈 땅에 묘목을 심고, 여름에서 가을까지 그는 풀을 베고 나무를 소독한다. 그는 새소리를 즐기고 노동으로 땀을 흘린 뒤의 정신의 소쇄함을 즐긴다. 그는 이 오두막 안에서는 고향에 온 것처럼 마음이 편안하다고 한다. 온갖 새들이 우짖는 소리를 듣고, 풀 향기에 취하며 그는 자연인으로 회복되는 것 같다.

소로는 "내 집에는 의자가 세 개 있다. 하나는 고독을 위해서, 다른 하나는 우정을 위해서, 또 하나는 사교를 위한 것이다."라고 했다. 아마 그의 오두막에는 찾아오는 사람들이 많았던가 보다. 어떤 날은 스물다섯 사람이 그 오두막에 함께 모였다고 한다.

남편의 오두막에는 가끔 내가 들르고, 농장 일을 도와주는 친척 K씨, 그리고 농장 한 옆에 밭을 일구고 있는 성당 할아버지가 들를 뿐이다. 그 할아버지는 밭에서 딴 애호박을 볶아 먹으라며 가져다주곤 한다.

이 오두막에는 사람들이 많이 찾아오지는 않는다. 그러나 남편은 컴퓨터를 통해서 옛 학자들이나 선후배 교수들과도 만나니, 다른 영혼들과 교감하는 공간이라는 점에서도 소로의 오두막과 비슷하다고 할 수 있다.

어느 날 저녁에 남편은 밭에서 뱀을 보았다면서 이제 밭이 생태계를 회복한다며 좋아 했다. 그리고 K씨는 밤에 고라니와 새끼들이 온 것을 봤다고 했다. 산은 이곳에서 꽤 먼 곳에 있는데, 그들은 찻길을 건너서 어떻게 이곳까지 온 것일까. 단풍나무나 은행나무의 묘목들이 자라 숲을 이루고 있으니 아마 녹색을 찾아 온 모양이다. 짐승들의 삶터가 점점 밀려나서 그들은 위기를 느끼는 것 같다.

3,40년 전에는 이 주위가 온통 배 밭이었고. 녹색의 장원이었지만. 몇 년 전부터 근처에 산업단지가 생기면서 주위에 자동차가 많이 다니고 녹색은 점점 회색으로 변해간다.

소로는 숲속 오두막에서 2년 2개월을 살고, 다시 문명사회로 돌아 왔다. 남편의 오두막은 언제까지 존재할 수 있을까.

문명은 두 개의 가면을 쓰고 있다. 한 얼굴은 웃으면서 인간에게 편리함과 경이로움을 선사하지만, 다른 한편으로는 무서운 얼굴로 인간의 영원한 안식처인 푸르른 자연을 그 대가로 요구하고 있다.

낯선 도시에서 사는 즐거움

향기

새해를 맞이하여 우물쭈물 하는 사이에 달력의 첫 장이 넘어
갔다. 2월이 되니 벌써 햇빛이 달라진다. 쌀쌀한 날씨이지만
햇볕에는 봄의 기미가 느껴진다.

여인들의 코트가 가벼워지고, 아파트 단지에서 가끔 새 소
리를 들을 수 있다.

겨울이 잘 지나갔다는 생각에 안심이 된다. 나이가 들수록
겨울을 지나기가 힘들어진다. 감기가 들면 기침으로 괴롭고.

온 몸이 아파서 굴신을 못한다.

처음, 남편이 시골에 내려가서 살자고 했을 때는 참 막막했다. 친구들은 이 나이에 어떻게 농사를 짓느냐고 걱정했다. "누가 왜 시골에 가느냐?"고 물으면, "농부 밥해 주러 간다."고 했다. 사실 소도시라 시골이란 말은 어울리지 않는다. 우리가 사는 곳도 지은 지 6~7년 된 고층 아파트다. 우리 밭은 여기서 좀 떨어져 있다. 자동차로 10분가량, 이미 도시화가 되어 옆으로 큰 도로가 나 있는 곳이다. 음악을 항상 가까이 듣는 나이지만 밭에서는 안 듣는다. 푸른 식물들의 무언의 이야기에 귀를 기울이고 싶어서이다.

남쪽에서는 벌써 매화가 피었다고 한다. 2월말이 되면 밭에도 파릇파릇 풀들이 잠을 깬다. 제비꽃들도 보이고 냉이도 보인다. 동네 사람들이 냉이도 캐가고 나물들도 캐가는 것을 볼 수 있다.

매화나무는 그때까지 아무 소식이 없다. 어느 날 싸라기 같은 흰 매화 꽃 봉오리들이 다닥다닥 열렸다. 한 열흘 지나자 그 봉오리들은 노란색 진주알 만해졌다. 그 후 팝콘이 터지듯 여기저기서 매화꽃들이 피기 시작했다. 벌들이 날아 와서 매화 꽃 속에 머리를 박고 웅웅거렸다. 밭은 이렇게 화양연화(花樣年華)이다.

바람이 스치면서 청순한 매화향기가 나에게 밀려 왔다. 그러나 그건 오래 계속 되지 않았다. 그 향기는 소멸해가는 것을 전제로 나타난 환영 같은 것이었다. 매화향기는 결코 닿을 수 없는 아스라한 곳으로 그렇게 그리움만 남기고 사라져갔다. 만개 한 다음 며칠 후부터는 꽃들은 지기 시작한다.

꽃이 피었던 시간은 잠깐이었다. 마치 꿈에서 본 꽃들처럼 먼저 핀 꽃들은 힘을 잃고 향기도 잃고 시들기 시작한다. 그렇게 매화의 일생이 끝난다.

버스

아무래도 서울에 올라 갈 일이 일주일에 한두 번은 생긴다. 마침 아파트단지 바로 앞이 버스 정류장이다. 처음 이사 와서는 버스 오기를 한참 기다렸다. 그런데 젊은이들이 여럿이 모이고 나면 바로 버스가 오는 것을 알게 되었다. 알고 보니 스마트 폰에 버스 시간표를 알려 주는 앱을 깔아서 버스가 언제 도착하는지를 알려 준다고 한다. 우리도 그 앱이란 걸 깔았다. 그 앱은 친절하게도 버스가 지금 어느 정류장에 있는지, 빈자리가 몇 개 있는지를 소상히 알려 준다. 참, 좋은 세상이다.

버스는 강남역까지 한 시간 정도 걸린다. 고속도로에서도 버스 전용노선으로 거침없이 달린다. 그때까지 승객들은 휴식 시간. 대부분 눈을 감고 잠을 청하고, 스마트 폰에 나오는 자기 얼굴을 보며 화장을 하는 아가씨도 있다.

서울에 살 때 강남역 근처에 가면 도보에 줄을 길게 서서 버스를 기다리는 사람들이 있었는데, 이제 나도 그들 중의 한 사람이 되었다.

서울행이 있는 날은 전날부터 다음 날의 스케줄에 대해서 머리를 맞대고 연구한다. 거미줄처럼 깔려 있는 대도시의 교통망을 어떻게 이용해야 할지….

지하세계에서부터 지상의 버스까지 미리 예습을 해둔다. 나의 행보에도 속도감이 붙는다. 동선이 길어지니까, 몇 개의 지하철 역, 물품 보관함을 애용하게 되었고, 순발력 있게 순간순간을 결정해야 한다. 자세를 똑바로 하고 힘차게 걷는다.

BMW(Bus, Metro, Walk) 족은 앞으로 앞으로….

이곳에서 살면서 나의 생활은 보다 역동적으로 되어 간다.

별 다방

이 작은 도시에도 스타벅스 카페가 생겼다. 큰 주차장도 있고 2층으로 된 매장은 널찍하다. 그 안의 풍경도 서울과 다르지 않다. 컴퓨터를 들여다보는 젊은이들이 몇씩 있고 젊은 여자들이 모여앉아 수다를 떨고 있다. 주말 오후에는 아기들을 데려 온 젊은 부부들로 꽉 찬다. 사실 카페는 차를 팔기보다는 공간을 빌려 주는 곳이다. 이제 어디를 가나 나보다 나이 많아 보이는 사람은 드물다.

내가 즐겨 앉는 이층 창가의 편안한 의자에서 보면 창밖으로 별 다방의 로고인 인어아가씨의 미소 띤 얼굴이 마주 보인다. 그 얼굴은 꼭 초등학교에 다니는 손녀딸을 닮았다. 그래서 나는 그 자리를 좋아한다.

나도 글 쓸 게 있으면 한 구석에서 작업을 한다. 이상하게도 이곳에서는 집중이 잘된다. 이 시대의 풍속도에 나도 끼여서 자칫 느끼기 쉬운 노인성 소외감을 희석시켜 본다.

소녀시절에 프랑스아즈 사강처럼 나도 카페 한 구석에 앉아 소설을 썼으면 하는 바람을 가진 적이 있었다. 그리고 전혜린처럼 요절한 천재를 동경하기도 했다. 이 나이의 나는 손자 손녀들을 거느린 할머니가 되어 건강 수칙을 지키고 영양제를 챙겨 먹으면서, 오늘도 카페 한 구석에서 작가인 체 하고 있다.

삶과 꿈

    노년의 삶이란 잘못 꾼 꿈과 같다. 그러나 꿈은 잠에서 깨면 사라지지만 노년의 일상은 깰 수도 없고 사라지지도 않는다. 어딘지 불안한 꿈을 꾸었을 때, 무언가에 쫓기는 꿈을 꾸었을 때, 잠에서 깨어나면 후유 하며 꿈이라서 다행이다 싶어 안심한다. 그러나 노년의 삶은 끝나지 않고 계속된다.

    성천(星泉) 선생은 "삶이란 눈을 뜨고 꾸는 꿈이다."라고 했다.

    흔히 꿈은 희망이라는 뜻으로 쓰인다. 아이들이나 청년들에게 "네 꿈이 뭐니?"하고 묻는 것은 "네 희망이 뭐니?"하고 묻는 것과 같다. 그러나 노인에게 "꿈이 무엇입니까?" 라고 묻는 사람은 없다. 노인의 꿈이란 단 한 가지이니 물을 필요가 없는 것이다.

사람들은 달콤한 말로 제 2의 인생이니, 백세 시대니 하며 노년의 삶을 미화하려 하지만 그건 자타가 인정하는 헛된 속임수일 뿐이다.

젊어서는 이 나이가 되면 모든 것에 초연해질 줄 알았다. 그러나 매일 매일 머리에 흰머리 돋아나듯 잔걱정만 늘어간다.

미셸 투르니에는 "어젯밤에는 잘 잤다. 나의 불행도 잠들었으니까." 했다. 나는 말한다. 어젯밤은 잘 잤다. 나의 잔걱정들도 잠들었으니까.

노년이란 '유효 날짜 지난 상품권' '주차 딱지 꽂혀 있는 자동차'와 같다.

올해 나는 칠순이 되었다.

벌써 이렇게 늙었나 하는 어이없음도 있고, 또 한편으로는 이 험한 세상에서 용케도 지금까지 잘 살아 왔구나 싶은 안도감도 들었다.

칠십이란 나이는 이미 인생의 4악장이다. 교향곡에서도 4악

장은 대개 템포가 빠르다. 인생의 4악장도 하루는 길지만 일
년은 빠르다.

정말 삶이란 〈갓길에서의 짧은 잠〉(최수철의 소설 이름)인지
도 모른다.

"현재는 이미 지나간 지금, 그러나 아직 오지 않은 지금."이
라는 철학자의 말처럼 시간은 오는 순간 바로 달아난다.

올해도 주위의 여러분들이 세상을 떠났다. 그들은 보이지
않는 투명 은하철도를 타고 우주 공간으로 날아갔다. 동연배
의 친구도 보이지 않는 곳으로 갔다.

≪벤자민 버튼의 시간은 거꾸로 흐른다≫란 영화가 있다.

벤자민은 처음에 기이하게 노인의 모습으로 태어났다. 그리
고 크면서 점점 젊어진다. 그리고 다시 나이가 먹어 갈수록
어려지면서 나중에는 아기가 되어 애인의 품에서 세상을 떠난
다. 시종 우울하고 분위기가 어두운 영화였지만 시간에 대한
뛰어난 통찰을 보여 주는 영화로 기억에 남아 있다.

정말 갓 태어난 아기들의 얼굴을 보면 노인처럼 쭈글쭈글
하다. 그리고 치아가 없는 합죽한 노인은 아기 같기도 하다.
노인이 되면 점점 아기처럼 퇴행하는 것을 볼 수 있다. 극도로

이기적으로 되기도 하고, 사리분별을 잘 못한다. 나중에는 대소변도 못 가리고 남의 도움을 받으면서 살아간다.

그리고 마지막에는 어머니 대지의 자궁 속으로 들어가 묻힌다.

영화에서 벤자민은 딸에게 "살아가면서 이제 너무 늦었다거나 너무 이르다는 말은 없다. 꿈을 이루는 데는 시간제한이 없다. 너는 뭐든지 될 수 있다."고 말한다.

사실 시간이란 때로는 잔인하기도 하지만 대체로 지혜롭고 너그럽다. 인생 80년이면 사람으로 태어나서 사랑을 하고 꿈을 이루기에 넉넉하다. 혹시 젊었을 때에 시간을 낭비했더라도 다시 회복시킬 시간은 충분하다.

어쩌면 시간은 종점을 향해서 직선으로 흐르는 게 아니라, 원을 그리면서 흘러 우리들이 태어났을 때의 시작점으로 되돌려 놓는 게 아닐까?

그래서 "인생 최고의 순간은 태어 날 때이고, 인생 최악의 순간은 마지막이다."라는 마크 트웨인의 언술은 공감이 되지 않는다.

시간은 원으로 돌기에 우리들의 마지막 순간은 태어났던 순간과 맞물리게 된다.

그 마지막 순간에 우리는 미지의 세계에 다시 태어나는 최고
의 순간을 맞이하는 것이기 때문에….

황홀한 공포

늘어가면서 제일 두려운 게 치매에 걸리는 거라고들 한다. 노인들이 늘어 가고 있는 요즈음 치매라는 말은 일상어로 흔히 쓰이고 있다. 그리고 대부분이 치매를 무슨 역병이나 재앙, 혹은 불행의 대명사로 쓰기도 한다.

어느 날, 가까운 친구들과의 모임에서였다. 한 사람이 "그대들, 다시 한 생을 산다면 그때도 지금의 남편과 살고 싶어?" 하고 물었다. 친구들은 이구동성으로 "당신 치매에 걸렸어?" 하며 그런 질문 자체마저 강하게 부인한다. 요즈음은 "당신 미쳤어?" 보다 "당신 치매 걸렸어?"가 훨씬 강도 높은 비난이나 부정의 표현이다. 누군가 연로한 사람이 눈에 거슬리는 행동을 하면, 나 자신도 저 분이 치매에 걸렸나? 하는 생각을 한다.

치매에 걸리는 것과 암에 걸리는 것 중 하나를 선택해야 된다면 암을 선택하겠다는 사람들도 있다. 사실 누가 치매에 걸렸다고 하면 우리는 암에 걸렸다는 경우보다 더 동정적이 된다. 그러나 남들은 치매를 끔찍하게 여기지만 그 당사자는 현실과 환상을 넘나드는 초월적인 상태일 것이다. 그 세계는 우리 자신도 알지 못하는 영혼의 깊숙한 곳을 화려한 만화경처럼 보여 주는 것이 아닐까? 억눌려 왔던 무의식의 세계가 시간의 틈을 비집고 나와 자유로운 일탈을 유도하는 것일 게다.

얼마 전에 나는 이상한 경험을 한 적이 있다. 그 날 나는 오래된 편지를 읽고 있었는데, 순간적으로 편지 속의 그때로 돌아간 듯 현재가 너무나 낯설게 느껴졌다. 현재의 나를 망각하고 무의식의 공간에 떠다니는 느낌이었다. 그것은 내가 존재의 근원에 도달한 것 같은 참으로 당혹스러우면서도 황홀한 순간이었다.

나는 외람되게도 이 체험이 보르헤스가 경험한 '시간 체험'과 비슷한 경우가 아닐까? 하는 생각을 해 보았다. 그리고 수도자들이 도달하는 깨달음의 순간이 나에게 왔었는가, 하는 생각도 들었다. 그러나 그건 어이없는 착각이었다.

그 이후에도 나는 평소와 달라진 것이 없이, 불안하고 의혹에 찬 지리멸렬한 일상을 살고 있으므로…. 그것이 어떤 종교적인 합일의 순간이었다면 적어도 이 세상사가 환한 아우라로 보여야 할 것이 아닌가? 그제야 나는 혹시 그때에 치매라는 불청객이 나에게 살짝 왔다 가지 않았나 하는 결론에 도달했다.

그 꼬불꼬불하고 미로같이 생긴 나의 뇌의 어느 부분이 막다른 골목이 되어 내가 시간의 길을 잃었던 게 아니었을까? 그날 이후 치매라는 말은 나에게 생소하고 두렵기보다는 신비하고 정감 있는 이름으로 다가 왔다.

치매는 사람으로 하여금 이 세상에서 맺은 모든 인연의 그물에서 벗어나, 체면치레나 가식의 허상에서 벗어나게 한다. 훨훨 마음껏 하고 싶은 대로 하게 하는 너그러운 증상이다. 그래서 그 질병은 사회적인 신분이나 남녀를 가리지 않고 공평하게 찾아온다. 그는 인간을 문명의 모든 옷을 벗어 던진, 오지의 원주민 같은 천진한 모습으로 되돌려 놓는다.

늙어 간다는 것은 필름을 되돌리듯이 점점 어린아이가 되어

가다 어느 순간 무(無)로 돌아가는 것이다. 누구에겐가 치매가 오면 그는 어린 아이들의 그 천의무봉한 무구함과 예측 불가한 당돌함을 다시 회복하여 불장난을 하기도 하고, 망각으로 인한 거짓말을 하기도 한다. 때로는 식탐을 하고 옷에다 실수를 하기도 한다.

성경에도 "사람이 어린아이와 같이 되지 않으면 천국에 들어가지 못 한다"고 했으니, 치매를 그렇게 공포의 대상으로만 생각할 것은 아니다. 그에게 사로잡힌 영혼은 어린 시절처럼 마음껏 들판을 뛰어 다니며, 구름을 따라 하늘까지 이르는 것이다.

치매는 모노드라마이다. 굽이굽이 삶의 뒤안길에서 만나야 했던 서러운 사연을 되풀이 말하게 한다.

그리고 치매는 이 세상을 하직하기 전의 한판, 신원굿이다. 그는 평생의 한이나 응어리진 사연을 주절주절 읊게 하여 상처를 치유시킨다.

치매는 먼 우주의 끝, 천상에서 오는 신호이다. 늙어가면서 맞이하는 다른 변화들처럼 언젠가는 나에게도 그 신호가 다시 찾아올지 모른다.

그때에는? 나는 그를 말없이 고이 맞아 드리올 수밖에….

한 줄의 문장이 오기를 기다리며

처음에 나는 시인이 되고 싶었다. 시인이 되면 어떤 초월적인 명상의 세계에 도달할 수도 있겠구나 하는 생각이 들었다.

장미가시에 찔려 죽었다는 시인, 명징한 언어로 존재의 심연을 파헤친 영감의 시인, 그 이름조차도 울림이 좋은 라이너 마리아 릴케!

그의 시와 생애에 매료되어 나도 시를 쓸 수 있기를 원했다.

그 다음에 나는 소설가가 되고 싶었다. 김승옥, 윤후명, 오정희 같은 소설가가 되고 싶었다. 젊은 시절에 그들의 소설을 읽고 또 읽었다.

그러나 몇 줄씩 끼적여 보다가 나에게는 이야기를 엮어낼 재능이 없는 것을 알게 되었다. D.H. 로렌스는 "다른 사람의 삶으로 스며드는 것"이 문학의 목표라고 했는데 나의 사고는 그렇게 품이 넓지 않은 것을 깨닫게 되었다.

나의 상상력은 인간관계보다는 사물이나 그 너머 무언가에 더 기울어져 있었다. 내가 소설에서 매혹된 것은 소설의 구조나, 인물의 개성보다는 문장이었다.

내 나이 마흔이 되어서 나는 다시 무언가가 되고 싶었다. 그때 지금은 타계하신 박경리 선생님은 나의 첫 수필집을 읽으시고, "감성이 너무 보드라워서 소설 쓰기는 어렵겠다."고 하셨다. 그리고 시(詩)는 젊었을 때, 시정(詩情)이 파릇파릇 싹틀 때에 써야 된다고 하셨다.

그렇게 해서 나는 운명적으로 수필가가 되었다.

초등학교에 다닐 때에 책 읽기를 즐겼고, 교내 백일장에서는 늘 장원을 하였던 아이, 어느 시구처럼 "내 안에 있는 그때의 그 조그만 아이"가 지금까지 나에게 글을 쓰도록 이끌어가고 있다.

수필가라는 명칭에 나는 때때로 부끄러움을 느낀다. 나의 철학의 빈곤이 그대로 드러나는 글이 수필이라고 할 수가 있을까. 연륜이 쌓이면서 글도 지혜로 익어가야 될 텐데 아직도 내 글은 풋감처럼 떫기만 하다는 자괴감에서 벗어날 수가 없다.

대부분의 사람들이 수필이란 누구나 쓰는 글이라고 인식하고 있다. 그러나 누구나 쓸 수는 있지만 아무나 쓸 수는 없는 글이 수필인 것 같다.

수필가란 꿈꾸는 사람들, 정원의 화려한 장미이기보다, 야생화이기를 택한 사람들…. 문학이란 바이러스에 전염되어 평생을 앓는 비현실주의자들이다. 마치 먼 궤도를 떠도는 이름 없는 작은 별들처럼 그들은 낮은 목소리로 세상과 소통하려고 한다.

바닷가에서 모래집을 짓는 아이처럼 나는 왜 글쓰기에서 벗어나지 못할까?

아무 효용성도 없는 이 일이 무슨 신성한 임무라도 되는 듯, 나는 오늘도 자판기 앞에 앉는다.

수필을 쓴다는 것은 거울 속의 나를 보는 것이며, 나의 진실함을 찾는 것이다. 시시각각 자신에 대한 모순과 갈등을 감지하며 살아가는 현기증 나는 일상에서, 나의 글을 기다리는 흰 종이는 나의 고해소이며 굿마당이기도 하다.

현실에서 느끼는 막막함과 보이지 않는 절벽 앞에서 글을 쓸 때만은 영혼의 자유를 느낀다.

등단한 지 올해로 30년이 된다. 평생을 문자에 홀려 살았다고 하면 과장일까? 문자의 그 신성함과 아득함, 그리고 은유의 신비로움에 빠져서 헤매었다. 미세하게 움직이는 그들의 숨결에 마음을 뺏겨 왔다. 설사 그것이 미망이요, 사막의 신기루일지라도 남은 생을 지금처럼 살아 갈 것이다.

가두어 놓은 바닷물에서 문득 눈부신 흰 소금이 오듯이, 겨울을 나며 죽은 듯 잠자던 매화 가지에 어느 순간 싸라기 같은 꽃봉오리가 오듯이….

어느 날엔가 한 줄의 문장이 홀연히 나에게 오기를 기다린다.

염정임(廉貞任) 연보

1946년   6월 3일 경남 마산시 중앙동 (현 창원)에서 아버지 염인
        모(廉麟模)와 어머니 장맹열(張孟悅)의 1남 5녀 중 장녀
        로 태어남.

1951년   월영초등학교 입학. 글짓기를 좋아하여 마산시 주최 백
        일장 등에 입선

1957년   아버지의 직장 이동으로 부산으로 이사해, 경남여자중
        학교에 입학.
        교내 문예지에 글을 실으며 문학의 꿈을 키움.

1960년   경기여자고등학교에 입학하여 온 가족이 서울로 옮김.

1963년   서울대학교 문리과대학 독문학과 입학.

1967년   대학 졸업. 김신행(金信行 현, 서울대학 명예교수)과 결

혼. 3년간 뉴욕 체류.

1968년   장녀 희정(熹廷) 출생.

1970년   귀국.

1972년   차녀 주연(株延) 출생.

1975년   장남 성수(成洙) 출생.

1979년   남편의 연구생활로 독일 하이델베르크에 일 년 체류.

1985년   문학 강좌를 들으며 시, 수필 창작. 가락동인 수필집 ≪다시 태어남을 위하여≫(오상사) 출간.

1986년   〈수필공원〉(현 에세이 문학)에 〈지울 수 없는 그림〉으로 초회 추천 〈초록빛 섬의 잔상〉으로 추천 완료 받음.

1987년   〈현대문학〉에 〈나의 가계부〉로 추천 완료 받음.
〈월간 에세이〉 창간호부터 6개월간 〈딸에게 띄우는 편지〉 연재.

1988년   4인 수필집 ≪떠오르는 빛≫(문학세계) 출간.
〈줄서기에 대하여〉로 〈월간 에세이〉 공모 제 1회 에세이스트상 수상.

1990년   4인 수필집 ≪나무로 만나 숲으로 서다≫(자유문학사) 출간.

1992년　첫 에세이집 ≪미움으로 흘리는 눈물은 없다≫(청맥) 출간.

1993년　수필문학진흥회 제정 제 11회 현대수필문학상 수상.

1994년　차녀 김주연, 박진용과 결혼.

　　　　외손자 인호(1996), 준호(1998), 외손녀 유미(2002) 출생.

1995년　장녀 김희정, 이우용과 결혼.

　　　　외손자 정환(1996), 외손녀 서연(1998) 출생.

1996년　미국 스탠포드 대학이 있는 팔로 알토서 일년 체류.

1999년　두 번째 에세이집 ≪유년의 마을≫(세손) 출간(한국문예진흥기금 수혜).

2001년　≪한국의 명수필≫에 〈회전문〉 수록.

2002년　선우 명수필선에 ≪회전문(回轉門)≫ 출간.

2003년　장남 김성수, 김지연과 결혼.

　　　　손녀, 민지(2004) 정현(2005) 지호(2007) 출생.

2005년　주식회사 대교의 중등 교과서, 국어에 〈회전문〉 수록.

　　　　주식회사 대교의 고등학교 문학교과서에 〈침대에 관한 명상〉 수록.

≪한국의 명수필 2≫에 〈달리는 지하공간에서〉 수록.

2008년 좋은수필사 선정 〈현대수필가100인선〉에 ≪작은 상자
큰 상자≫ 출간.

국제PEN 한국본부 11회 펜문학상(수필 부문) 수상.

2011년 제 3수필집 ≪우리 집 책들의 결혼≫ 출간.

문화예술위원회 '올해의 우수문학 작품'에 선정.

2012년 '한국수필학회'가 수여하는 제 8회 '구름카페 문학상' 수
상.

현, 〈에세이문학〉 기획위원, 한국여성문학인회 이사,

한국문인협회 이사, 국제펜클럽 한국지부 이사,

〈문학의 집〉 이사.